ROMANCE & LETRAS

# Pide un Deseo

**Hilda Rojas Correa**

*«¿Sabes? Hasta los deseos más imposibles pueden llegar a hacerse realidad. Solo tienes que poner un poco de esperanzas a los sueños y un poco de fantasía a la realidad.»*

Frase encontrada en internet

# Prólogo

*«Ten fe ciega, no en tu capacidad para el triunfo, sino en el ardor con que lo deseas.»*

**Horacio Quiroga**

—Cumpleaños feliz, te deseamos a ti. Feliz cumpleaños, Isidora, que los cumplas feliz...

Ahí estaba ella, rodeada de toda su familia y frente a una torta a punto de incendiarse con treinta velitas, listas para ser apagadas. Treinta años, a veces ella se sentía en la flor de la juventud, y había otros días, como este, en que sentía que ya había vivido demasiado. Miró fijo las velitas...

—¡Pide un deseo, Isi! —gritó alegre su hermano Leonardo, sacando a Isidora de su ensimismamiento—... Ese deseo no, cochina —bromeó.

—¡Silencio, Petardo!, que no me concentro —replicó molesta.

Isidora se dio cuenta de que no tenía solo un deseo para pedir, más bien, tenía una lista kilométrica, deseaba tantas cosas al mismo tiempo. Deseaba que el jefe de su unidad la dejara en paz, estaba harta de hombres que se las daban de macho alfa pero en realidad solo eran una pose, y también estaba aburrida de los que eran todo lo contrario, una sarta de pelmazos sin carácter que renunciaban sin intentar nada. Qué no daría ella por conocer un hombre de verdad, que no deseara someterla, que respetara su libertad. Un hombre tan seguro de sí mismo que no tuviera que reafirmar su hombría usándola para vanagloriarse con sus amigotes, o que intentara disminuirla hasta convertirla en una sombra. Ella había logrado mucho en el plano material y profesional, pero a la vez deseaba no sentir que el tiempo se iba muy rápido. Deseaba poder compartir sus días con alguien. Deseaba amar a alguien. Deseaba con todo el corazón que…

—Ya *po'h*, Isi, se va a derretir la crema —presionó nuevamente su hermano.

«Leonardo de mierda», blasfemó mentalmente ella, a veces su hermano era enfermante. Debió guardarse un rato más el secreto de que no iba a ponerlo en vergüenza en frente de su nueva cuñada. Estuvo cagado de susto durante todo el día, y se lo gozó minuto a minuto, pero ella lo adoraba pesar de todo, y se apiadó de su pobre alma. Ahora que él estaba relajado, volvía a ser el mismo hinchapelotas de siempre.

—¡Cállate, Leo!, me demoro lo que quiero con mis jodidos deseos.

Tanto divagó, que se le olvidó lo último que deseaba, ni modo, sopló sus velitas con un poquito de esperanza, que rápidamente se esfumó junto con el humo del fuego extinto. ¡Cómo si de verdad se cumplieran los deseos de cumpleaños!, ¡já! Nunca se le ha cumplido nada, ni siquiera esos deseos cochinos de los que hablaba su hermano.

## Capítulo 1

«No mires hacia atrás con ira, ni hacia adelante con miedo,
sino alrededor con atención.»

**James Thurber**

Tres meses después, martes por la mañana...

—Detective Apablaza, ya estamos con esto. Vamos —dijo su nuevo compañero de trabajo, apurándola. Bueno, más bien, ella era la nueva. Hacía dos semanas que la habían trasladado de unidad.

—Ya... solo deme cinco minutos más.

Isidora es una mujer que adora su trabajo, es, como ya pueden imaginar, detective. Pero no cualquier detective, ella es forense del Laboratorio de Criminalística de la Policía de Investigaciones, más comúnmente conocida como LACRIM de la PDI. Tiene varias especialidades, y a pesar de que la mayor parte de su tiempo la pasa en el laboratorio, prefiere estar haciendo trabajo de campo. Tomar muestras, fotografiar, medir distancias, conjeturar hipótesis, dejar que la «escena hablara», esa era la parte que más le gustaba. Claro que ella a veces perdía el control de su desbordante imaginación y elucubraba las más inverosímiles teorías, solo por el gusto de inventar una buena historia. Al final, las pruebas y los hechos se imponían, y sus historias se convertían casi siempre en algo más desalentador y macabro.

Y ahora, está agachada observando todo a su alrededor desde abajo, siempre intentaba observar las cosas desde otra perspectiva, por si se le escapaba algún detalle. Nunca se sabía en qué momento encontraría la pieza que completara el rompecabezas.

La escena en la que se encontraba era lo que quedaba de un incendio, el fiscal llamó de inmediato al LACRIM, ya que en el último tiempo los incendios se estaban volviendo sospechosamente recurrentes en el mismo sector y tenían similares características, pero hasta el momento se manejaban varias hipótesis: eventos aislados sin conexión alguna, un pirómano, venganza entre pandillas, mexicanas extremas entre narcotraficantes o alguna moda enfermiza para silenciar el equipo de música de algún vecino que abusaba de sus decibeles.

—Señor, su superior me indicó que ya terminaron aquí. —La voz masculina que sintió a sus espaldas, la sacó de sus cavilaciones y de inmediato Isidora se levantó con la intención de ver la fuente de donde salía esa voz vibrante y profunda que le hacía recordar a su primer amor... Elvis Presley, ella adoraba la voz de «El Rey». Eran muy pocas las personas, por no decir ninguna, que tenían ese timbre tan varonil. Su cuerpo la traicionaba cuando sentía esa voz grave, por alguna absurda razón se ponía nerviosa.

Se giró rogando secretamente que aquel hombre tuviera la maravillosa combinación de ojos azules, cabello negro, nariz perfecta y piel tostada. Pero para desilusión suya, solo se trataba de un bombero bastante alto y sucio, así que lo único que pudo apreciar entre todo el hollín de su cara fue una sonriente hilera de dientes blancos. Bueno, la luz del lugar y su uniforme tampoco eran de mucha ayuda para poder apreciar otros atributos de él.

—No soy «señor» —señaló Isidora un poco cortante y molesta por su decepción. Cuándo mierda iba a aprender que «El Rey» estaba bien muerto y que no había nadie en este mundo que se le igualara.

—Perdón. —El bombero no se sentía realmente mortificado—. No fue mi intención… es que todos ustedes se ven iguales con ese traje de la NASA.

A pesar de que aquel hombre poseedor de ese enloquecedor timbre de voz, aparentemente, no cumplía con sus expectativas físicas, a Isidora sí le pareció que él era agradable y que al final el pobre sujeto no era el culpable de no ser la reencarnación de Elvis.

—No se preocupe, ya terminé acá… solo estaba dándole una última repasada a la escena. Ya me iba.

El bombero sonrió aún más, había estado hace rato observando a aquella mujer. Sabía que lo era, había que ser estúpido para no notar su figura esbelta y femenina, a pesar de ese horrible overol blanco y sin forma que usan los agentes del LACRIM. No sabía a ciencia cierta qué fue lo que le impulsó a jugarle una broma fingiendo no reconocer que era una mujer llamándola «señor», ¡diablos!, ella sí que se molestó, sus ojos casi lo fulminaron… Qué lindos ojos tenía, no podía apreciar bien el color, pero sí que le llamaba la atención la forma y el tamaño de ellos. Tenían algo que él no podía identificar, pero se sentía poderosamente atraído por ellos.

—A su juicio, ¿este siniestro fue intencional o simple mala suerte? —preguntó él por mera curiosidad para ver que le decía ella.

—¿Quiere compartir información? No puedo dar detalles de la investigación, ¿acaso es usted el técnico que llevará a cabo el informe de bomberos?

—Así es, voluntario Manuel Rodríguez, a sus órdenes.

—¿De verdad? —interrogó incrédula levantando una ceja.

Siempre ocurría lo mismo, Manuel pasaba eternamente por el mismo suplicio cada vez que se presentaba, maldita la hora en que a sus padres le pareció gracioso ponerle el nombre de uno de los padres de la patria. «¡Claro!, pónganle Manuel Rodríguez nomás al niño, total nadie lo va a molestar», «¡Eso!, póngale así, los libros de historia me avalan, ¡por la patria!», ironizó él en su fuero interno... y ahora debía venir la broma correspondiente de parte de ella...

¿Nada?, ¿de verdad nada?, vaya qué sorpresa.

—De verdad, ese es mi nombre —prosiguió—. Yo hice mis apuntes preliminares para mi informe, una vez que el siniestro se controló. Pero necesito dar una repasada final a la escena, usted me entiende... —Inclinó un poco la cabeza—. ¿Señorita Apablaza?

—¿Cómo sabe mi nombre? —preguntó sorprendida.

—Está escrito en su mameluco espacial —respondió un tanto arrogante mirándola a los ojos.

Isidora se sintió estúpida y en pocos segundos todos los tonos existentes de rojo se le  fueron a la cara y bajó la vista al suelo. Detestaba sentirse así, odiaba de verdad esa sensación, e inmediatamente se puso de mal humor.

—Cómo sea, de todas formas no le responderé su pregunta. Si me disculpa... —Ella comenzó a dar zancadas largas y briosas, para salir de una vez por todas del lugar y escapar de la envolvente voz y mirada ese hombre tan irritante.

—¿Ya vio el segundo cadáver? —preguntó Manuel con una sonrisa triunfal en sus labios, sí que estaba disfrutando molestar a la detective Apablaza.

Isidora se detuvo en seco, ¿de qué carajos hablaba ese tipo? Se dio media vuelta y se puso en frente de él mirándolo fijo con los ojos entrecerrados.

—¿De qué segundo cadáver me habla?, solo estaba el hombre chicharrón que solía ser narcotraficante.

—¿No vio a la pobre rata que está arrinconada en aquella esquina? —Y desvió la vista hacia el lugar donde se suponía que estaba el otro fiambre.

—¿Qué?, por favor, deje de bromear. No me haga desperdiciar mi tiempo. —Isidora ya estaba perdiendo su paciencia y su temple, y ese molesto hombre estaba a punto de conocer el verdadero sentido de la expresión «aquí va a arder Troya».

—Estoy hablando en serio, detective. —Manuel levantó sus manos en son de paz—. Allí, atrás de lo que era antes un sillón.

—¿Y qué tiene de importante una rata muerta?

—Yo, en su lugar, le echaría un ojo.

Isidora estaba en un verdadero predicamento, ¿le hacía caso, o no? ¡Qué hombre más insufrible!, la estaba sacando de sus casillas con mucha facilidad. Finalmente el deber y el sentido común se impusieron, tenía que tomar todas las posibles pruebas, aunque fuera una rata muerta. Resopló resignada, se volvió a poner la mascarilla, los guantes, las antiparras de seguridad y se dirigió donde le indicaba Manuel.

Ahí estaba el minúsculo cadáver de la rata chamuscada, al lado de la una mala instalación eléctrica expuesta, estaba bastante alejada de lo que se suponía que era el punto de origen del incendio.

—¿Ya la vio?

—Sí... no veo nada extraño... —Apenas terminó esa frase vio algo «extraño»—... Espere, ¿las ratas no tienen tripas de plástico verdes, negras y rojas?

Isidora agudizó más la vista y se acercó un poco más. «¡Maldita luz, no sirve para nada!», pensó ella sobre la precaria iluminación del lugar y encendió su linterna de bolsillo. El interior del pequeño cadáver ratonil estaba repleto de restos del plástico que recubre los cables eléctricos.

Manuel la observaba con atención, no se perdía ningún detalle de cómo ella se movía. Por una milésima de segundo ella le pareció una criatura fascinante. «Sí, claro, igual de fascinante que el resto de las tres mil millones de mujeres en el mundo», pensó restándole importancia.

—Creo que la última cena de nuestro infeliz bicharraco fue el culpable de esto —sugirió él.

—Puede ser... no se puede descartar nada —concordó ella.

Isidora, procedió a tomar fotografías, mediciones y muestras, y finalmente, metió en una bolsa plástica a la prueba-chicharrón.

«Es probable que el voraz apetito del roedor sea el culpable de todo esto, si mordisqueaba cables por todos lados solo era cuestión de tiempo que se provocara un corto circuito que desencadenara el fuego», pensó Isidora, dándole la razón a Manuel. Aunque no reconocería en frente de él que su hipótesis era la más probable de todas. Todo era extraño en ese siniestro, todas las evidencias parecían ser piezas inconexas que no tenían relación una con otras, pero este detalle, que por poco pasaba por alto, era lo que unía todo y le daba sentido.

—¡Detective Apablaza! —llamó nuevamente su compañero.

—¡Ahora voy! —replicó molesta, no había caso, tendría que recurrir al chocolate el día de hoy para calmarse—. Gracias, por su colaboración, señor «húsar de la muerte». —Se había guardado la broma, pero finalmente igual se la lanzó por pesado, irritante y molesto.

Manuel, por primera vez en años, rio de buena gana por la burla a costa de su nombre. Sabía que él era el culpable del agrio humor de esa detective mal genio.

—Para otra vez será, detective.

«Sí, claro. Diez veces más, pero en la siguiente vida... ¡Idiota!», pensó Isidora, y se retiró airada y a paso veloz de la escena. Una barra gigante de chocolate con almendras rebosante de azúcar y calorías se comería, ¡sí, señor! Eso sería suficiente para aplacar toda esa molesta situación.

Manuel observó a Isidora hasta que la perdió de vista. ¡Qué mujer!, era todo un espectáculo.

—Qué buen rato me hizo pasar la detective, es tan fácil sacarla de quicio —dijo Manuel en voz alta y para sí mismo—. Veamos si encontramos algo más desde abajo. —Se agachó y comenzó a realizar el mismo ejercicio que estaba haciendo la detective Apablaza hace unos minutos atrás, de hecho, él también hacía siempre lo mismo. Otro ángulo siempre daba otras alternativas.

Un objeto metálico en el suelo le llamó la atención.

—Mal genio y distraída, pésima combinación —concluyó al recoger la linterna de bolsillo de la forense—. Y unos ojos muy bonitos, y también un muy buen par de...

—¡Manuel, el comandante por radio! —anunció un compañero desde el otro lado de la zona acordonada.

—¡Voy! —Se metió la linterna en uno de sus bolsillos y fue a atender el llamado.

# Capítulo 2

*«Todos los cambios, aun los más ansiados, llevan consigo cierta melancolía.»*

**Anatole France**

—Mmmmm... Mmmmm... Oh, sí... Esto es la gloria. —En éxtasis y con los ojos cerrados, Isidora devoraba en su hora del almuerzo una enorme barra de chocolate, sentada en la banca de una plaza cercana a su trabajo. Aquella golosina sí que le estaba arreglando el día. Maldito bombero irritante de voz sexy, por su culpa, ella tendría que ir al gimnasio a practicar con su maestro y quemar algo de esas calorías. Algún día iría, sin duda... pero no hoy.

—¿Y usted qué hace aquí? —Un hombre con un tono de voz serio y estricto sacó de golpe a Isidora de su maravilloso trance. Abrió los ojos de inmediato al sentir esa voz familiar, Sandro Larenas, el único hombre sobre la tierra que no esperaba encontrar en ese momento.

—Me cambiaron de unidad —respondió escueta—. ¿Y tú, ya no saludas? Te has vuelto maleducado.

—Hola, Apablaza, ¿a quién golpeaste ahora? —Sandro conocía de cerca su mal carácter. Pensó que con el tiempo ella iba a madurar, pero por lo que veía, su ex compañera de academia era la misma de siempre, brillante y simpática, pero mal genio.

Isidora fulminó con la mirada a Sandro, siempre le cayó bien el tipo y le gustaba, pero era tan hermético, nunca pudo hallar el modo de llamar su atención, así que solo se resignó a ser su compañera de clases, ni modo. Pero ahora él se veía diferente, más accesible.

—¿Y a ti quién te hizo una lobotomía? Pareces otra persona.

—¿Por qué demonios todo el mundo me dice eso? Solo me casé.

—¿Ah sí? Felicitaciones para ti, y mi pésame para ella, pobrecita, me apiado de su alma. Tu señora acaba de convertirse en mi héroe.

—Muy graciosa, señorita. Todavía no contestas lo que te pregunté, ¿a quién golpeaste?

—Él me obligó.

—¡Lo sabía! —exclamó chasqueando los dedos y mirándola con reprobación.

—No tienes idea de nada, Larenas, hace años que nadie me colmaba la paciencia —explicó Isidora. Con tan solo recordar se le crispaban los nervios.

«Así que maduró después de todo», pensó Sandro. Había algo en ella que no cuadraba con la mujer que recordaba. No era simplemente el hecho de que había madurado, daba la impresión de que estaba en cierto modo, sola. Así como él, hasta hace no mucho.

Sandro se sentó a su lado, sintió que ella necesitaba algo de compañía, era cosa de ver cómo se estaba comiendo el chocolate, como si fuera un manjar de los dioses, y en realidad se trataba de una barra corriente de mil pesos. Con su esposa había aprendido varias cosas sobre las mujeres, y una de ellas era acerca de la estrecha relación del estado de ánimo y el cacao.

—¿Puedes contarme lo que pasó? —consultó con verdadero interés.

—Técnicamente no puedo decir nada. —Suspiró cansada y lo miró de reojo—. Pero tú eres un hombre confiable, promete, jura por tu vida que no dirás nada a nadie.

—Lo juro, las promesas son sagradas en mi familia. Cuéntame que fue lo que pasó —Sandro dijo aquellas palabras con tal convicción que terminó por persuadir a Isidora de contarle lo sucedido. Necesitaba hablar con alguien, se lo había guardado todo durante mucho tiempo, ni siquiera se lo había contado a su familia, ¿para qué preocuparlos de manera innecesaria? Ya todo estaba hecho de todas formas.

—Estaba en el LACRIM de Valparaíso —relató—, trabajé ahí por cinco años. Hasta hace un mes… ¿Conoces al comisario Alejandro Rojas?

—Sí, es famoso. Siempre sale en televisión.

—Él es el jefe ahí en Valpo, bueno, era, y no se le ocurrió nada mejor que acosarme sexualmente. Viejo asqueroso. Lo noqueé en tres segundos cuando intentó sobrepasarse conmigo.

—¿Cómo diablos no te dieron de baja?, ese hombre es una «vaca sagrada».

—Soy demasiado buena en lo que hago. Además, tenía todo el audio registrado. Ese hombre tiene fama de viejo verde y cada vez que me encontraba a solas con él, dejaba la grabadora funcionando.

—Muy inteligente de tu parte, no esperaba menos —felicitó con sinceridad Sandro. Definitivamente, Isidora seguía siendo inteligente.

—Y eso… solo pedí que me trasladaran a la central y dos semanas de descanso, a cambio de no denunciarlo y de que me dejaran trabajar en paz. A él también lo trasladaron, a Punta Arenas, por caliente, a ver si se le quita con el frío del sur.

—Se salvó de que no lo mataras. Pobre imbécil, no sabía con quién trataba, ¿en qué Dan estás, Apablaza? —preguntó Sandro refiriéndose al grado de conocimientos en Kenpo Karate, disciplina de artes marciales que ambos practicaban.

—Cinturón negro, tercer Dan, detective Larenas, soy un arma mortal. ¿Y tú?

—Hace tiempo que no practico, estoy oxidado, me quedé pegado en el cinturón café. Un día de estos me pondré al día, total, ya sé dónde encontrarte. —Sacó de su bolsillo un reloj antiguo de cadena y consultó la hora—. Es tarde, debo irme, otro día hablamos.

—Vale, cuando quieras te pateo el trasero. ¿Sigues en la central de la BRICO? —consultó aludiendo a la Brigada Investigadora del Crimen Organizado a la cual pertenecía Sandro.

—Todavía —dijo él mientras se levantaba del asiento—. Ya soy parte del inventario.

—Entonces yo también sé dónde encontrarte. Que te vaya bien, Larenas.

—Cuídate, Apablaza. Que tengas un buen día. —Sandro hizo un gesto de despedida con la mano mientras se alejaba.

—¡Dale saludos a tu mujer de mi parte!, ¡dile que es una santa! —bromeó Isidora riendo.

«Cómo cambian las personas», pensó ella, «tan parco que era, y ahora parecía que estaba hablando con un usurpador de cuerpo. Bien por él». Todo el mundo cambiaba, pero sentía que ella no, que era la misma de siempre.

«No te hagas la santita, puedes llegar muy lejos si tan solo me dejas metértela. Sé que te gusto, te lo vas a gozar todo. Te haré gritar como putita», rememoró Isidora la propuesta del comisario Rojas mientras restregaba su miembro tenso entre sus nalgas y le amasaba sus senos con sus enormes manos.

—¡Viejo repugnante, cerdo asqueroso! —Maldijo. Sus ojos empezaron a llenarse de lágrimas que querían salir, e inmediatamente las secó furiosa con el dorso de la mano impidiendo su caída. Suspiró profundo y exhaló fuerte y seco para infundirse valor—. Ya pasó, Isi, no volverás a ver a ese infeliz nunca más... ¡Chocolate, ven a mí!... hoy no quiero llorar.

—¡Maldita sea!, ¿perdimos toda la mañana por una rata? —vociferó el jefe de unidad lanzando el informe pericial preliminar al escritorio—. El fiscal anda paranoico con esos incendios y nos manda para allá apenas ve algo de humo.

—El resultado es concluyente señor... A menos que... —Isidora dejó la idea en el aire, se arrepintió muy tarde, al pensar en las consecuencias.

—¿A menos qué? —presionó su jefe impaciente.

—A menos que el informe técnico de bomberos diga lo contrario, señor.

—El informe de bomberos no es tomado en cuenta en un posible juicio, Apablaza, eso usted lo sabe —puntualizó.

—Lo sé, señor. En Valparaíso solíamos colaborar mutuamente para obtener mejores resultados, ellos están mucho más familiarizados con el fuego que nosotros.

—Mmmmm, su propuesta no nos hará perder más tiempo de lo que ya hemos desperdiciado. Solicite una reunión con el técnico a cargo, a través de su comandante, en la Quinta Compañía de Bomberos de La Pintana. Lo antes posible, ojalá hoy.

—¿Yo?

—No veo a nadie más aquí, detective. Fue su idea, ejecútela.

—Como diga, señor.

Isidora se retiró de la oficina de su superior, sintiendo la infundada sensación de que se había metido en un problema del que no saldría entera. Mierda.

—Yo y mi gran bocota —mascullaba molesta—. Ahora tendré que ir y hablar con el irritante Manuel Rodríguez, y más encima escuchar su estúpida y sensual voz. Espero que sea feo, con efe de «forrible y forroroso».

Caminó directo a su escritorio y llamó por teléfono a la Quinta Compañía, habló con el comandante, quien, amablemente, le indicó que el voluntario Rodríguez no es residente en la estación, y que solo se hace presente cuando está cerca de algún siniestro o para emitir los informes técnicos de bomberos.

—¿Señor Comandante, me podría enviar una copia del informe para revisarlo?, necesitamos corroborar algunos resultados —solicitó Isidora, con la esperanza que no tendría que hablar con Manuel «infumable» Rodríguez.

—Podría, pero no lo tengo en mi poder aún, el voluntario Rodríguez no lo va a tener listo hasta la próxima semana. Él es un gran elemento y muy profesional, pero trabaja en otras cosas aparte de colaborar con nosotros.

Isidora, lanzó mentalmente todos los improperios a sí misma por su mala suerte. Estaba obligada a ver a ese bombero, era importante no alargar más el asunto y no perder el tiempo. Maldición.

—¿Dónde puedo encontrar al señor Manuel Rodríguez?, necesito urgente conversar con él.

—Le daré sus datos para que concreten una cita. Anote, por favor.

—Deme un segundo para buscar un lápiz. —Isidora abrió su cajón y revolvió su interior. Lápiz infeliz, siempre lo extraviaba, este era el quinto de esta semana… «¡Eureka!, ahí estás desgraciado», celebró Isidora. El caos era la peor parte de su personalidad, nunca podía tener nada ordenado cuando se trataba de asuntos domésticos—. Listo, acá tengo uno, deme sus datos, por favor.

—El celular del señor Rodríguez es cero, nueve, seis, sesenta y nueve, sesenta y nueve, sesenta y nueve.

—«¡El numerito que se gasta, já!», pensó Isidora, e inmediatamente se reprendió por pensar en doble sentido—, y su correo electrónico institucional es mrodriguez@ bomberos.cl —continuó informando el comandante.

—Muchas gracias por su colaboración, señor, ha sido de mucha ayuda.

—De nada, detective Apablaza, cuando guste, tenemos toda la estación a su disposición.

—Gracias, de nuevo. Que tenga un buen día.

—Lo mismo para usted. Hasta luego.

Isidora enterró la cabeza sobre el teclado de su computador, maldiciendo nuevamente su mala suerte. No quería verlo, no quería escuchar su voz, no quería sentirse nerviosa, ni estúpida. Ella no era así.

Ella no quería sentirse así, vulnerable.

Muy en el fondo, reconoció que no era tan fuerte como pensaba, ese viejo mal nacido que la acosó, la dejó con una permanente sensación de inseguridad. A pesar de que ella se pudo defender físicamente, mentalmente, ese infeliz la marcó. Desde un tiempo a esta parte siempre estaba a la defensiva, se sentía débil, disminuida, una sombra, igual que en aquella ocasión. Hace mucho tiempo atrás.

—¡Hasta cuándo me vas a seguir penando!... Llevas cinco años muerto y todavía hay momentos en que me haces sentir como la mierda.

Definitivamente, aquel no era un buen día para Isidora.

## Capítulo 3

Isidora, terminó su extenuante jornada laboral, y se marchó a su departamento. Arrendaba uno pequeño en Santiago Centro que solo tenía lo justo y necesario. Dada su inclinación al desorden prefería un espacio reducido para no extender el área del caos. Hacía muchos años que ella no vivía con su familia, los adoraba, pero también adoraba su libertad e independencia.

El único inconveniente de vivir sola, eran los días como ese, donde necesitaba un abrazo firme de su papá y los cariños de su mamá, e incluso reír con las bromas de su hermano hinchapelotas. A veces, también añoraba los brazos fuertes de un hombre que la contuviera, y que le dijera cuánto la amaba y que todo iba a estar bien. Pero había pasado tanto tiempo ya de eso, y esa historia no terminó nada bien.

Todo comenzó cuando Isidora tenía veinte años, conoció a José Miguel por medio de amigos en común. Su relación empezó como la mayoría, se conocieron, se gustaron, se enamoraron, y se casaron cuando ella tenía veintidós. Todo en su vida rozaba la perfección, él era atractivo, seductor; el sexo era el mejor que jamás tuvo en su vida, salvaje y tierno; un hombre detallista, siempre le enviaba flores y mensajes con palabras de amor, era comprensivo y solo discutían por nimiedades.

Todo fue hermoso y maravilloso hasta el día que Isidora comenzó a ganar más dinero, posición y reputación en su trabajo. Ambos eran detectives, en diferentes brigadas, pero al fin y al cabo compañeros de trabajo.

José Miguel comenzó a cambiar, de manera silenciosa y gradual, e Isidora no lo notó hasta que fue demasiado tarde. Al no poder superar el éxito de su mujer, el carácter de José Miguel comenzó a podrirse y a encerrarse en sí mismo. Él no podía concebir que su mujer fuera más que él. Él era el hombre de la casa, él tenía que proveer, y maldita sea, ella nunca se embarazaba. Si eso pasaba Isidora podría dejar el trabajo y se quedaría en la casa, criando a sus hijos, ese era su lugar. Porque ella era su mujer, él la eligió para ser «su mujer».

Cuando José Miguel conoció a Isidora, creyó que el tema de estar en la PDI era solo una fachada para ella atrapar un buen partido. Ella venía de una buena familia, aparentemente, bien constituida, tradicional. Decente. Pero José Miguel nunca vio más allá de eso, y se le nubló completamente el juicio. Isidora era todo lo contrario a lo que él pensaba, ella tenía ambición, quería formar una familia pero no tan joven, primero quería ascender en su profesión, ser respetada y desarrollarse como persona. Ella quería un compañero de vida, no un dueño, pero se equivocó.

Ambos se equivocaron.

*«¿Qué te pasa?, cocinas horrible últimamente, esto está asqueroso»… «Vas a tener que ponerte a dieta, estás gorda»… «Eres una inútil, ¿cómo es que no encuentras tu cartera?»… «Tontita, ¿cómo no te voy a querer?»… «No sé cómo te dieron ese caso, es muy complejo para ti»… «Eso lo habría resuelto en media hora, ¿y a ti tomó una semana?»… «No te vistas así que pareces puta»…*

Y así, como un trabajo de fina joyería, José Miguel en una jugada maestra, mató el espíritu de Isidora. Ella, con dos años de matrimonio en el cuerpo ya no era la misma mujer. Sus padres no le decían nada, se cansaron de insinuarle que algo había mal en esa relación. Isidora siempre lo justificaba y tenía respuesta para todo, no era capaz de ver con claridad lo que para los demás era evidente. Estaba tan enamorada y envuelta en esa espiral de agresión sicológica letal y silenciosa, que no tenía idea de que estaba rodeada de mierda, más bien, sepultada en mierda.

Hasta que un día se miró al espejo... Se miró de verdad. La imagen reflejada era la de una mujer que no conocía. Su cabello largo castaño, sedoso y con ondas ya no existía, estaba corto, dañado y seco. Tenía profundas ojeras, que ni el mejor corrector podía ocultar, de hecho, ni siquiera tenía corrector, todo su maquillaje estaba vencido. Hacía meses que no se preocupaba de sacarse las cejas. Su rostro carecía de luz y vida. Tenía veinticuatro años y parecía que habían pasado treinta años más por encima suyo sin darse cuenta.

Isidora ya no sonreía.

Decidió, en ese mismo instante, irse de ese infierno. Amaba profundamente a José Miguel pero, por primera vez en mucho tiempo, eligió amarse a sí misma y alejarse de él.

Lógicamente, José Miguel no se lo hizo fácil, nada de fácil, porque él la amaba, con toda su alma y su corazón, de una manera enferma, él la adoraba hasta la médula. No pudo superar, ni entender que ella, su mujer, lo abandonara. La empezó a acosar en el trabajo, la esperaba afuera de la casa de sus padres para rogarle que volviera. Isidora aceptó considerar volver con él, a cambio de que fueran a terapia, pero José Miguel no quiso, eso era para gente loca y él no lo estaba. Tal vez Isidora lo necesitaba, pero él no, por ningún motivo iría al loquero.

José Miguel era un caso perdido.

Isidora optó entonces poner tierra de por medio y se fue a Rancagua. Una buena cantidad de kilómetros lo mantendría a raya, de esta manera, ella podría recoger las piezas su existencia que estaban regadas por el suelo y tal vez poder rearmar lo que le quedaba de vida. A lo mejor, podría hacer amigos de nuevo, José Miguel la absorbió tanto que le perdió la pista a todos los que tenía.

Incluso con una pizca de suerte y la distancia, podría recomponer su corazón.

Pero un día, para su mala fortuna, él la encontró. Cuando Isidora salía de su departamento hacia su trabajo lo vio del otro lado de la calle. Estaba desaseado, con la barba hirsuta de varias semanas, la vista perdida y una sonrisa melancólica.

Y sucedió lo peor.

José Miguel sacó un revólver y en frente de ella, mirándola fijamente a los ojos, se disparó en la cabeza. Para él la vida sin su mujer, ya no tenía ningún sentido, solo quería verla una última vez antes de apretar el gatillo y terminar con su sufrimiento. Murió de forma instantánea, sin nota final y ni despedidas.

Isidora también murió, una parte de su vida se fue con él, porque aún lo amaba, en ese momento se dio cuenta de que todavía sentía amor por José Miguel. Se sintió tan culpable, ¿debió ella luchar más por su relación?, ¿y si se equivocó al abandonarlo?, ¿él la amaba de verdad?, millones de preguntas y nunca habrían respuestas, porque todo se fue con él.

A los veinticinco años, Isidora era viuda, su mundo nuevamente estaba hecho pedazos y debió levantarse de nuevo. Con ayuda de su familia, que nunca la abandonó ni dejó de apoyarla, comenzó la cruzada de empezar de otra vez. Decidió ponerse de pie las veces que fueran necesarias. Ella nunca más se volvería a rendir, ella moriría de pie en esta vida, de rodillas, jamás.

Se trasladó a Valparaíso para estar cerca del mar y sanar, cada mañana era un esfuerzo descomunal salir de la cama. Día tras día, ella buscaba un nuevo motivo suficientemente bueno para vivir, y así pasaron lentamente los días, los meses y los años.

Poco a poco el dolor fue menor. A medida que avanzaba, el recuerdo de esos cinco años se fue alejando. Isidora nunca visitó la tumba de José Miguel, era demasiado doloroso y no quería perder el camino ganado por mirar atrás. Ella no podía hacer nada más, él estaba muerto y ella… terriblemente viva.

Isidora se secó las lágrimas y se dio cuenta que solo le había dado una calada al cigarrillo que pretendía fumar y que ya estaba totalmente hecho cenizas. Casi nunca lo hacía, solo cuando la invadían los recuerdos recurría a la nicotina para dibujar espirales de humo azul y perderse en ellas. Cada vez eran menos frecuentes los días malos, de hecho, no recordaba cuándo había sido la última vez que José Miguel volvía a sus memorias haciéndole revivir todo lo que había dejado atrás.

Tomó su celular, digitó el número de ese hombre insufrible y esperó no ponerse nerviosa al escuchar su voz.

Un tono, dos tonos, tres, cuatro, cinco…

«*El número que usted marca, no contesta…*»

«Solo lo intentaré una vez más», pensó ella y marcó nuevamente.

Un tono…

—¿Aló?... ¿aló?...

# Capítulo 4

«Es tan corto el amor, y es tan largo el olvido.»

**Pablo Neruda**

Isidora no sabía si por el auricular del teléfono aquella voz vibrante y viril, se potenciaba al máximo por sentirla tan cerca de su oído, o si Manuel la había pillado volando bajo, demasiado bajo. Pero apenas escuchó aquellas palabras tan cotidianas, la piel se le erizó; frío y calor le recorrió el cuerpo en milésimas de segundos y olvidó por completo que debía hablar.

—¿Aló?... ¿aló?... hay alguien ahí… voy a colgar.

—¡Espere! —reaccionó Isidora, cerró fuerte los ojos, luego inspiró y exhaló—. Disculpe, ¿hablo con Manuel Rodríguez?

—Sí, con él, ¿con quién tengo el placer de hablar? —Manuel sabía que había escuchado esa voz antes, pero no recordaba dónde… ¿¡Dónde!?

—Soy la detective del LACRIM Isidora Apablaza, nos conocimos esta mañana.

—Hola, detective. Por supuesto que la recuerdo, mal carácter, bonitos ojos. —Manuel sonrió, de manera espontánea—, ya sabía que no se resistiría a mis encantos, pero no que iba a ser tan rápido.

—No hable ridiculeces. —Ya empezó ese hombre a sacarla de sus casillas, «¿por qué diablos no podían tener una conversación como la gente normal?», pensó ella, ofuscada—. No lo llamo por ese absurdo motivo que acaba de inventar.

—No se ponga dramática, detective, solo son bromas. —«¡Pero qué mujer más corta de genio!, mejor me pongo serio... por un rato», pensó Manuel—. Dígame, ¿en qué puedo ayudarla?

—Es sobre el siniestro de esta mañana, necesito corroborar datos. Tal parece que el segundo cadáver fue el culpable de todo. Pero usted está mucho más familiarizado y tiene más experiencia que nosotros con las evidencias que quedan después del fuego y me gustaría cotejar su informe con el nuestro.

—¿Quiere compartir información, detective? —preguntó socarrón parafraseando a la detective.

Isidora resopló, ¿acaso ese hombre no podía hacerle fácil la tarea?, cada vez que Manuel abría la boca ella se sentía acorralada. Como ella si fuera su presa, y él, un depredador al acecho.

—¿Me va a ayudar sí o no, señor Rodríguez?

—Por supuesto... pero con una condición, detective.

—¿Cuál? —interrogó Isidora masajeando su frente, un claro signo de que ella estaba perdiendo su poca paciencia y estaba a punto de explotar.

Manuel, sonrió del otro lado de la línea, aquella forense le producía una sensación extraña. Era joven, tal vez tenía veinticinco, pero se notaba que era muy diferente a las mujeres que frecuentaba, veinteañeras e inmaduras que por una cuota de buen sexo eran capaces de vender su alma al diablo, o sea, él. Era fácil, rápido y sin ataduras pues la condición número uno para sus relaciones era no hablar, salvo para seducir y gemir. Ya tuvo suficiente con estar casado diez años con una mujer que nunca pudo sacarse de la cabeza de que el sexo era pecado.

Contrajeron matrimonio cuando Manuel tenía veintiuno. Ella, María Gracia, de veinte, llegó virgen al altar. Diez años estuvieron intentando que ella tuviera un orgasmo, que gozara, que lo deseara. Ella era una buena mujer y compañera, Manuel la amó, y mucho, pero solo el amor no fue suficiente para ambos. Ellos por más que asistieron a terapia de pareja nunca lograron que ella se pudiera entregar a la lujuria, a la pasión, al desenfreno y al placer. Amarla lo destrozó lentamente, deseaba con locura a su mujer, pero ella a él, no. Finalmente, el amor murió como una flor que no recibe luz ni agua. En la actualidad, lo único que los unía era el estado civil, divorciados.

Como resultado de esta historia, durante los últimos cinco años, Manuel se había follado a la mitad de la población femenina sub veinticinco de Santiago, y a estas alturas ya eran todas iguales para él, predecibles y con un gran entusiasmo por experimentar sensaciones nuevas; y eso era, precisamente, lo que él buscaba en ellas, que cumplieran con una serie de requisitos preestablecidos, con el único objetivo de protegerse a sí mismo. No quería volver a amar a nadie que no se entregara por completo… Empezar de nuevo a los treinta y seis años, era algo difícil y complejo, y tenía un miedo terrible de fallar una vez más. No lo soportaría.

—¿Y bien?, no se quede callado, cual es esa condición. No estoy de ánimo para sus jueguitos ridículos.

—No sea tan dura conmigo, detective, relájese. No le voy a proponer nada sucio. —«Todavía», pensó con pícara malicia—. Últimamente he estado apretado de tiempo en el trabajo y solo tengo disponible la hora del almuerzo para poder reunirme con usted. A menos que desee concretar una cita de noche.

—La hora del almuerzo estará bien. No hago horas extra, señor Rodríguez.

—Una mujer sensata, me gusta… —Manuel aún no descubría porqué cada vez que ella hablaba le surgía la imperiosa necesidad de hincharle las pelotas. Un deseo irrefrenable de llevarla hasta el límite de su paciencia. No sabía a ciencia cierta cómo reaccionaría Isidora y eso le causaba una profunda curiosidad.

—Por favor, ahórrese sus comentarios, ¿dónde y cuándo? —A ella, ya le quedaba la última gota de su temple para soportar las bromas e insinuaciones de Manuel. Su imaginación le estaba jugando una mala pasada al mostrarle imágenes eróticas y que no tenían nada que ver con la comprobación de datos forenses.

—¡Y decidida! Se está convirtiendo en la mujer de mis sueños, detec… ¿Aló?... ¿Aló?... Me cortó, ¡esa detective me cortó!, ¡pero qué mujer más increíble! —Manuel rio de buena gana, no podía parar de carcajearse. Era tan surreal aquella situación. Hacía tanto que él no reía así, con alegría, con ganas y desde el corazón.

Isidora ya no soportó más escucharlo, y como un acto reflejo cortó la comunicación, «¡mierda!, ¿qué he hecho?», se preguntó mortificada. Ese hombre solo bromeaba y coqueteaba, nada más. ¿Por qué diablos se descontrolaba de esa manera?, no era la primera vez que flirteaban con ella, era algo que siempre ocurría y sabía cómo llevar ese juego y acabarlo rápidamente sin daños colaterales.

El rostro de ella se calentó y comenzó a sudar como una langosta dentro de una olla, solo con el hecho de pensar en volver a llamarlo y pedirle disculpas por su exabrupto. Los segundos pasaban con lentitud y ella no se atrevía a volver a marcar.

*«Hey! A little less conversation, a little more action, please.*
*All this aggravation ain't satisfactionin' me[1] …»*

---

1¡Hey! Un poco menos de charla y un poco más de acción, por favor. Toda esta
irritación no me da satisfacción…

Isidora asustada y sorprendida soltó su móvil que vibraba y sonaba fuerte aquella canción que tanto le gustaba. En la pantalla estaba el número de ese hombre. «Celular de mierda, casi me mata de un infarto», maldijo ella. Recogió nerviosa el aparato y deslizó su dedo por la pantalla para contestar.

—Solo dígame a qué hora y dónde. De verdad hoy no estoy de humor para tanta jugarreta.

—Está bien, de verdad, no se enoje detective. Veámonos en... ¿le gusta la comida chatarra?, de la buena eso sí.

—¿A quién no le gusta un poco de grasa, carne y papas fritas? —ironizó Isidora a modo de respuesta positiva—, bueno, aparte de los vegetarianos y los animalistas —acotó

—Entonces tomaré eso como un sí, veámonos mañana en el Shop Dog de Providencia. Hace tiempo que no recibo mi dosis de grasas trans y colesterol. A las dos de la tarde. La estaré esperando afuera del local.

—No hay problema, ahí estaré... Gracias por su disposición.

—No hay nada que agradecer, detective. Nos vemos.

—Nos vemos. Adiós.

—Adiós, Isidora.

Ella al escuchar cómo Manuel pronunciaba su nombre con aquella voz grave y profunda, le provocó la más extraña reacción en todo su ser. Su pulso se aceleró, dejó de respirar y sintió que la sangre corría caliente y espesa en partes de su anatomía que ya creía que estaban muertas. Su mente y su cuerpo habían olvidado aquella palabra de cinco letras llamada «deseo». Isidora sacudió su cabeza, por supuesto que no era deseo, ella tenía a su amiguito a pilas que, ocasionalmente, le ayudaba cuando necesitaba algo de endorfinas y para prevenir el cáncer por falta de uso del «aparataje». Eso no era deseo, no, no lo era... y suspiró.

—¡Qué estupidez!, me estoy volviendo loca. Isidora, cómo mierda te descoca tanto una voz tan sexy, si ni siquiera sabes si su apariencia le hace justicia. ¡Aiiiiiish! Estoy pensando puras tonteras…

Sí, tal vez estaba pensando tonteras, según ella. Pero, sin darse cuenta, se había olvidado por completo de José Miguel.

# Capítulo 5

*«Te buscó mi fe en la oscuridad sin saber por qué. Te soñó mi afán en la soledad sin querer soñar. Te llamó mi voz y tu voz me respondió y en tu voz hallé fe para esperar tu amor.»*

**Homero Manzi**

Al día siguiente Isidora se levantó, se duchó, y también, como siempre era su costumbre desde hace un par de años, se vistió con ropa interior sexy, y esta vez prefirió el encaje de color negro. Hacer eso, le hacía sentir como si estuviera haciendo una promesa diaria de ser siempre una mujer que aún no moría. Camufló aquella sensualidad rota y dormida, en un serio e insípido traje compuesto por blazer, pantalón negro y una blusa gris. Luego, ella se miró de pies a cabeza frente al gran espejo que tenía en su habitación, dando su auto aprobación.

—Bien hecho, Isidora, si te hubieras puesto falda negra parecerías una Testigo de Jehová. Seguro que cuando vea este modelito, Manuel «infumable» Rodríguez se cansará de decir estupideces.

Isidora solía ser mucho más colorida para vestir y con más sentido del gusto. Siempre lograba un *look* sexy pero con clase, una combinación inusual que solo era evidente para quien la observara con detenimiento y a conciencia. Pero hoy, quería pasar total y absolutamente inadvertida para ese hombre.

Aquella mañana de trabajo transcurrió veloz en un abrir y cerrar de ojos, y cuando vio la hora, Isidora se dio cuenta que estaba al filo de llegar atrasada. Se abstraía con demasiada facilidad en su labor, y no notaba el paso del tiempo hasta que era demasiado tarde. Al único lugar que llegaba a la hora era al laboratorio, pero para todo lo demás siempre llegaba con retraso. Gracias a eso, tenía la mala fama de ser asquerosamente impuntual, su hermano siempre le regañaba cuando llegaba tarde a los almuerzos familiares de los domingos.

Corrió al estacionamiento y se subió a su auto, un Chevrolet Aveo Hatchback amarillo, un modelo pequeño, práctico y nada ostentoso. A ella le gustaba mucho manejar su «Pikachu». Cuando se separó de José Miguel, lo primero que hizo fue comprar uno y practicar sus conocimientos de manejo que los tenía casi olvidados, ya que él siempre era el que manejaba y la llevaba a todas partes. Aquello fue su declaración de emancipación, tomar el auto, e ir a donde se le pegara la regalada gana sin depender de nadie.

Manejó casi como loca por las calles de la capital para llegar a la hora acordada. Si su automóvil hubiera tenido un condensador de flujo y plutonio, habría sido capaz de viajar por el tiempo por lo rápido que iba, pero todos sus esfuerzos por llegar puntual fueron en vano. No había caso, llegó veinte minutos pasados de las dos de la tarde.

Cuando ella se iba acercando al lugar indicado, vio a la distancia a dos hombres parados afuera como si estuvieran esperando a alguien. Los dos eran altos, tenían la misma constitución de estar en buen estado físico e Isidora no pudo determinar cuál de los dos era Manuel. El hombre «opción A» estaba vestido de traje color grafito, camisa marrón y sin corbata, y el hombre «opción B» usaba unos jeans, polera gris y zapatillas Convers. Al acercarse, ambos la quedaron mirando, pero solo uno sonrió.

—Hola, detective, la estaba esperando. Pensé que ya no venía —saludó Manuel, era el hombre «opción A». Isidora estaba muy impresionada por su apariencia, el desgraciado era realmente atractivo, pero no de un modo convencional, era más bien de rasgos toscos pero muy masculinos, cabello corto y castaño claro, tenía la barba a medio crecer, y desde el lado derecho de su mandíbula emergía una gran cicatriz que se perdía por el cuello de la camisa, y maldito sea, poseía unos impresionantes ojos de un extraño color gris. No era Elvis pero todo el paquete combinaba a la perfección con su timbre de voz y entraba en la selecta categoría de «mijito rico», y eso era mucho decir. «Desgraciado infeliz, está como quiere», pensó ella irritada.

Manuel, notó la rápida pasada visual que le hizo Isidora, y se le infló el ego porque ella se fijaba en él. Pero, lamentablemente, eso no le duró mucho al ver que la forense no reaccionaba de ningún modo positivo, todo lo contrario, no sonreía, más bien ,se veía que estaba molesta. Se preguntó por qué ella siempre estaba de mal humor, y a la vez, se sorprendió también de que le despertara algún tipo de interés. Estaba tentado de quebrar su regla de no conversar, de no inmiscuirse en la vida de la mujer a la que le echaba el ojo. Le intrigaba, de sobremanera, aquella detective que reflejaba tener un alma vieja, pero no en el mal sentido de la palabra, sino que su actitud daba a entender que ella tenía experiencia y que no estaba para perder el tiempo con pendejadas. Eso no lo podía esconder bajo ese traje de colores serios y apagados que no le combinaban con cabello largo y castaño, y menos aún con sus ojos, que ni siquiera a la luz del día podía determinar el color de una manera precisa, era algo entre azul y verde. Sin duda, eran más bonitos de lo que él recordaba.

—Hola —respondió Isidora vacilante—. Disculpe, se me hizo tarde en el laboratorio, tenía mucho trabajo y no me di cuenta de la hora —se excusó.

—No hay problema, detective. Entremos, estoy muerto de hambre.

Ingresaron al popular local de comida rápida, el cual estaba decorado con cualquier cosa que tuviera más de veinticinco años de antigüedad; botellas, afiches, muebles, juguetes, cajas, señaléticas de tránsito. Si era viejo merecía un lugar de honor en ese restaurant. Estilo *vintage* le llaman ahora.

Se sentaron en una mesa para dos, que parecía ser muy pequeña para él, pero que, de todos modos, ocuparon, pues el lugar estaba lleno de gente y era la única alternativa. El olor a comida se sentía en todas partes y el ambiente era ruidoso con personas conversando, riendo, y sonaba como música de fondo, una emisora de rock clásico.

—Comida primero y después la cháchara técnica, puedo pensar mejor con el estómago lleno, si no le importa mucho, detective.

—Cómo guste, señor Rodríguez. El orden de los factores no altera el producto.

—Detective, ¿le puedo pedir un favor?

—Depende del favor. —Isidora respondió a la defensiva—. No le aseguro que pueda hacerlo.

—¿Me permite tutearla?, por favor, no sea tan formal conmigo. No soy tan viejo.

Isidora resopló, el tratar a ese hombre con formalidad le daba seguridad, y lo mantenía a raya. Pero pensándolo bien, él de todas maneras, le hacía perder los estribos tuteándola o no. Optó por ceder y no ser tan dura. Por esta vez.

—*Okey*, no veo problema con tutearnos, pero no te pases para la punta, ¿me oíste?

—¡Excelente!, Isidora. ¿Te parece si ordenamos una buena chorrillana?

—Me parece súper, en este momento mi estómago necesita algo contundente.

Ordenaron pues, la famosa chorrillana, con un vaso de agua para ella y uno de Fanta para él. El plato que estaban esperando para consumir, se elabora con cantidades industriales de papas fritas, carne de res frita, cebolla frita y coronado con un par de huevos fritos. Frito, frito, frito, frito. La chorrillana es todo un monumento a la comida saludable.

Manuel apreciaba mucho que una mujer comiera con ganas y sin culpa un plato de comida rápida de vez en cuando. Total, comer algo tóxico y delicioso no era malo si no se abusa de ello. Para él, no tenía ningún atractivo una mujer que se preocupara todo el rato en contar calorías y que consumiera solo pasto como si fuera un conejito... o una vaca.

Estuvieron los dos sin hablar esperando a que llegara el mesero con la comida. Isidora tamborileaba la mesa al ritmo de la canción que sonaba en el aire, y Manuel se sentía, definitivamente, incómodo. Detestaba el silencio reinante y parecía que ella no quería abrir la boca para nada.

—¿Por qué me odias tanto, Isidora? —interrogó dándose cuenta al mismo tiempo de que hizo la pregunta en voz alta.

Isidora se sorprendió con aquella interrogante. Por supuesto que ella no lo odiaba, ni siquiera ella misma entendía muy bien la mecánica del porqué reaccionaba tan mal con él en particular pero, sin duda, no lo odiaba.

—No te odio, Manuel. Solo tienes una facilidad para sacarme de quicio —explicó.

—Pero si es evidente que solo bromeo todo el rato contigo. Hablando en serio, ¿en algún momento hice o dije algo que te molestó?

—No se trata de eso... es complicado. —Isidora se quedó en silencio, pensativa. Tal vez si solo decía la verdad, él se espantaría al ver lo loca que era ella y así podrían tener solo una conversación estrictamente profesional.

—No creo que sea tan complicado, Isidora. Complicado es tener que elegir entre tres tonos de rosado con nombres imposibles de recordar, para el vestido de tu sobrina de tres años, y resulta que el que eliges, justamente ese, es el color que no le gusta a la princesa. Para mí solo es rosado y punto —dijo Manuel para intentar que ella se relajara un poco. Isidora ya había cedido con el tuteo, pero todavía él la notaba tensa.

Isidora se hizo la imagen mental de tremendo hombre en una tienda de ropa para niñas intentando resolver tan problemático asunto, y luego recordó a su hermano y a su papá que siempre reclamaban lo mismo.Para ellos, solo existen los colores primarios y secundarios, y nada más. Isidora se rio de aquello, «¡hombres!», pensó guasona.

«¿Así que la detective puede sonreír?, ¡guau!, se ve realmente... preciosa y... no es el momento de sentir mi entrepierna más apretada». Manuel se removió un poco de su asiento, estaba incómodo por su incipiente erección. Se dio cuenta que ya había pasado mucho tiempo desde la última veinteañera con la que salió, ¿Paula?, ¿Romina? Ni siquiera recordaba bien cómo se llamaba. «Piensa en algo horrible. Piensa en la rata muerta, Manuel, rata muerta, rata muerta, rata muerta», como un mantra él comenzó a repetir mentalmente para que se bajara la rigidez de su pantalón, y así, no quedar en evidencia con su arranque de adolescente calenturiento.

—Ustedes los hombres solo pueden distinguir tres tonos de color. —Rio Isidora suave y femenina—. Por ejemplo. —Comenzó a enumerar con sus dedos—, rojo, rojo oscuro y rojo claro, y así sucesivamente con todos los demás. Por lo menos, eso es lo que dice mi experiencia con mi hermano y mi viejo.

—Estás desviando el tema, Isidora, ¿por qué es tan complicado explicar tu aversión hacia mi persona?

—¡Qué no te odio, hombre! —Isidora puso los ojos en blanco, «¿por qué insiste en eso?», pensó—. A ver, por dónde empiezo… Es tu voz.

—¿Mi qué? —Ahora sí que él no entendía para donde iba el tren, estaba desconcertado.

—Tu voz, ¿sabías que tienes la voz igualita a la de Elvis?

—¿Qué? —¡Por Dios!, le habían dicho de todo en esta vida, pero que le dijeran que tenía la voz igual a la de «El Rey» era lo más inaudito que le había pasado en años. Por un instante pensó que ella estaba bromeando, pero no, Isidora hablaba muy en serio.

—Adoro la voz de Elvis, el timbre, la profundidad, la cadencia, ¡Ahhh! es un orgasmo auditivo ese hombre. Siempre me gustó «El Rey». Amo ver sus presentaciones, sus películas, escuchar sus discos, adoro todo lo que venga de él. Es una lástima que yo haya nacido ocho años después de que él muriera en el setenta y siete.

—¿Y me odias porque tengo la misma voz de Elvis Presley? —preguntó incrédulo.

—¡Dele con que va a llover!, ¡no te odio, Manuel! —Suspiró cansada de intentar explicar lo inexplicable—. Me pones nerviosa, tu maldita voz me pone nerviosa, es como si todo el rato me estuvieras susurrando cosas eróticas al oído, ¡y no lo soporto! —Isidora frustrada y avergonzada escondió su cara entre sus manos esperando a que se le tranquilizara el frenético martilleo de su corazón. Quería explicar, de verdad quería hacerlo, pero falló estrepitosamente y se le pasó la mano con dar demasiados detalles.

Manuel quedó de una pieza al escuchar esa confesión tan impactante. Esperaba casi cualquier cosa menos eso. Era… era… era…

Y por primera vez en su vida, una mujer lo dejó sin habla.

# Capítulo 6

*«Estamos tan asustados pero somos valientes, estamos aterrorizados pero dispuestos. Reescribimos la definición de valentía y es esto: amar de nuevo, y de nuevo y de nuevo.»*

**Fortesa Lafiti**

En ese preciso momento, llegó el mesero con la orden solicitada, interrumpiendo el momento más incómodo e inverosímil de la vida de ambos. Puso ante ellos un plato enorme con una chorrillana, y cubiertos para dos personas. Manuel estaba tan impresionado que no atinó ni siquiera a dar las gracias. Isidora encontró que comer era una muy buena excusa para no seguir hablando, así que comenzó a enterrar el tenedor en las papas fritas mezclándolas con la cebolla, y degustar cada bocado como si fuera una ambrosía de los dioses.

—Come, está rico —exhortó Isidora y continuó masticando.

Al escuchar la voz de ella, Manuel parpadeó y salió del trance en el cual estaba sumido, y casi de forma automática, tomó el tenedor y comenzó a comer. Por un segundo pensó que se le había quitado el apetito, pero al ver cómo ella comía con tantas ganas y disfrutando de verdad, hicieron que sus ansias por alimentarse volvieran súbitamente a su estómago.

Comieron en silencio, cada uno metido en su propio mundo. Isidora estaba con sentimientos encontrados, estaba avergonzada por su arranque de brutal honestidad pero, por otra parte, se sentía aliviada. En cierto modo, se había quitado un peso de encima al reconocer, de verdad, lo que la voz de Manuel le producía —y también tenía que admitir que el cuerpo que acompañaba a la voz tampoco estaba nada mal—. Pero, en el fondo, ella sentía una inquietud, quizás, era muy posible, que ella hubiera alcanzado el éxito en su empresa de espantar a Manuel y, extrañamente, sentía que no era lo correcto.

Él por su lado, aún estaba pasmado. Nunca habría imaginado lo que él provocaba en Isidora. Se sentía halagado y a la vez le divertía aquella situación a la que estaba siendo sometido por esa mujer que no era tan joven como él pensaba, sino que bastante más madura. Al ser consciente de ello, no sabía cómo actuar, estaba acostumbrado a la conversación fácil y superficial con jovencitas, que básicamente no necesitan de mucho esfuerzo por parte de él para llevárselas a un motel. No, Isidora estaba en otra liga, una en la que él no jugaba. Ella, a todas luces, no era una mujer de un solo polvo, y si te he visto no me acuerdo. No, ella era del tipo de mujeres que brindan experiencias que marcan a hierro caliente y que son imposibles de olvidar. Así que decidió cortar por lo sano, mantener todo de manera estrictamente profesional. Sí, eso haría.

El plato de chorrillana fue aniquilado por los dos en cuestión de minutos, y una vez que terminaron, Isidora sacó la carpeta que contenía el informe preliminar que había redactado y se lo entregó a Manuel.

—El comandante me comentó que tú tendrías listo el informe para la próxima semana. Pero necesito que veas el mío y me digas si tienes alguna información adicional que corrobore o que contradiga el resultado. No podemos esperar hasta el martes.

—Veamos entonces. —Manuel abrió la carpeta, se puso unos lentes que tenía guardado en el bolsillo interno de su chaqueta y comenzó a leer.

Él se concentró en la lectura, e Isidora pensó que no tendría nada de malo que ella recreara la vista con la anatomía de su acompañante. El hombre sí que tenía lo suyo, pero lo que más le llamaba la atención era esa cicatriz, se notaba que era una quemadura, comenzaba en la curva de su mandíbula y continuaba hasta abajo abarcando una zona amplia del cuello y se perdía en dirección al hombro, le dio curiosidad hasta dónde llegaba la extensión de aquella marca. «¿Cómo se la habrá hecho?», se preguntó, «es bombero, idiota», se contestó de inmediato, «lógico que en algún incendio se ganó esa "medalla"».

Isidora suspiró, mirando a Manuel le daba la impresión que él escondía algo detrás de toda su actitud tan descarada y despreocupada. Algo profundo y doloroso que él necesitaba preservar intacto en el fondo de su corazón. «Así, como yo», pensó y se sorprendió de los caminos por los cuales la estaba llevando su conciencia. «Estoy imaginando estupideces, debería dedicarme a ser escritora si insisto en inventar hipótesis descabelladas», Isidora, de ese modo, y casi con desesperación descartó aquellos pensamientos, restándoles importancia. Pero se dio cuenta, en ese mismo momento, que cada vez ella tenía algún interés en alguien del sexo opuesto, su primera reacción era escapar lejos, y no ser nunca encontrada.Boicotear cualquier intento de acercamiento, por parte de ella o incluso de quien la pretendía. Aquello la perturbó de sobremanera, porque, ¿cuándo dejaría de estar sola si seguía actuando así?, ¿tanto era el miedo que tenía?, ¿quería volver a empezar?, más bien, ¿estaba dispuesta a arriesgarse de nuevo?

Ella descubrió que estaba harta de que el pasado gobernara su presente y su futuro. Tenía que hacer algo.

Pronto, no ahora, debía tomar distancia y ver todo con perspectiva. Era mejor así.

Manuel, mientras leía, se dio cuenta que Isidora lo miraba fijo con esos ojos grandes, penetrantes y bonitos. Sí, ella definitivamente era de otra liga. A juzgar por su informe, Isidora era una mujer muy inteligente, minuciosa, proactiva y comprometida con su trabajo. En realidad ella había descubierto más cosas que él, y el enfoque que le dio a la hipótesis de la rata come cables era la correcta. Es muy difícil hallar evidencia confiable después de un incendio, no solo es el fuego que arrasa con todo, sino que algunas veces sus colegas solían abusar del agua y terminaban por arruinar cualquier prueba que hubiera sobrevivido a las llamas.

«¿Y si lo intento?, ¿y si intento jugar en su liga?, yo tendría que aceptar todo el equipaje que probablemente lleva ella... Bueno, yo también tengo el mío, se supone que la cosa es recíproca... ¿Pero qué mierda estoy pensando?, has visto dos veces a esta mujer y ya te estás planteando intentar "algo más" con ella. ¿De verdad estoy pensando toda esta sarta de estupideces? Se nota que me hace falta echar a remojar el cochayuyo. Lo haré. Pronto. Pero con otra más fácil», pensó Manuel, desechando cualquier posibilidad de intentar enterrar su pasado de manera definitiva, porque era más fácil su presente, sin pensar en el futuro.

—Bien, señorita Apablaza, su informe es impecable. No tengo nada que objetar —concluyó Manuel evitando el contacto visual con ella y volviendo al trato formal.

Isidora al instante notó el cambio de actitud de él, y sintió una punzada de desilusión. «¡Tonta!», se dijo, «eso te pasa por pensar demasiado, idiota.... No hay ningún problema, Isidora, todo está bien tal y como está, no sé para qué pensaste todas esas tonteras», se autoconvenció.

—Gracias, señor Rodríguez, ha sido muy amable al dedicarme su tiempo, ¿no tiene nada más que acotar, para dar por finalizada esta reunión?

—Mmmmm… Si el informe de la autopsia determina que la víctima falleció durante el incendio podría dar el caso como cerrado. El incendio fue accidental, de eso no hay dudas, pero si esta persona estaba muerta antes del siniestro tendrán que utilizar otras líneas de investigación, y como pudo observar en la escena, es muy difícil conseguir algo más, aparte de lo que ya tienen en este momento.

—Tiene razón, estaré atenta a lo que dicen en el Servicio Médico Legal. —Isidora se levantó de su silla, sentía una imperiosa necesidad de huir—. Muchas gracias por todo, señor Rodríguez. —Extendió su mano para dar por terminado, de una buena vez, el almuerzo más insólito, confuso y revelador de su vida. Manuel respondió al saludo y se estrecharon firme por unos breves segundos. La mano de ella era suave y fría, de hecho, cuando él dirigió su vista a su semblante, notó que ella había perdido el tono rosado de sus mejillas, siendo reemplazado por una fría palidez que le dio la sensación de que el ímpetu que la caracterizaba se extinguió, y se sintió culpable por ello.

Isidora a pesar de que intentaba cubrir su fragilidad con muchas capas de mal carácter, nunca iba a ser capaz de ocultar su sensibilidad que se colaba en todos los poros de su piel, y a Manuel, eso no le pasó del todo inadvertido.

—Adiós, detective. Suerte.

—Igualmente… adiós, Manuel.

La despedida de Isidora le transmitió tanta tristeza y soledad que le caló hondo en el corazón. Le pareció que nunca más la vería en su vida, y no quería que eso sucediera. Era absurdo sentirse así, lo sabía, pero hacía tanto tiempo que no experimentaba ninguna clase de sentimientos, que llegó a pensar que él ya no estaba para esas cosas. Se dio cuenta que él no estaba tan muerto después de todo. Algo quedaba de aquel joven ingenuo, impulsivo y enamorado que entregó toda su alma y energía en una relación que murió, pese a toda la fe y empeño que puso de su parte.

Al ver cómo ella se alejaba se dijo a sí mismo que tenía que hacer algo, eso estaba claro, pero en ese instante no. Necesitaba digerir y ordenar lo que pensaba y lo que sentía para poder mirar todo con perspectiva, y poder tomar una decisión a conciencia. No quería equivocarse.

Isidora abandonó el lugar con la sensación de que tenía en el pecho un vacío que era imposible de llenar. Necesitaba volver a su trabajo ahora. Tenía que ocupar su mente en algo, no quería pensar, quería paz, quería huir, quería reventarse trabajando sin parar, quería… en el fondo quería… morir.

Pero ella ya había descubierto hace mucho tiempo que hasta para eso era cobarde. Demasiado cobarde y testaruda como para darse por vencida.

Había aprendido una lección importante. Nunca más volvería a escapar si tenía una remota posibilidad de que alguien entrara más allá de los confines de los muros que ella había levantado en su corazón. La próxima vez, si ella deseaba a alguien lo tomaría sin vacilar.

Sin miedo, y sin mirar atrás.

# Capítulo 7

—Tú tienes algo raro —aseguró preocupado José Luis a Manuel, mientras amasaba pan.

—No tengo nada raro, tal vez es el estrés que se refleja en mi cara —contestó él, intentando ser indiferente, mientras tomaba una taza de café, en la cocina del departamento de José Luis.

—Mmmmmmm… no me convence para nada tu respuesta. Dime, yo sé que hay algo que te preocupa —insistió—, a mí no me puedes engañar, hermano. —Miró de reojo a Manuel, quien no quería decir ni pío—. Ya pues, escúpelo, hombre, que no tengo todo el día.

Manuel en silencio, se debatía entre contarle o no a José Luis, acerca de lo que lo tenía pensativo desde hacía varios días, específicamente, desde su almuerzo-revelación con la detective Apablaza.

Los hermanos Rodríguez tenían una excelente relación, eran gemelos idénticos, muy unidos y poseían una conexión más que especial. A veces, podían presentir si algo malo le iba a pasar al otro, antes de que las cosas ocurrieran, e incluso, hasta podían sentir el dolor físico del otro cuando eran experiencias muy traumáticas.

José Luis, a diferencia de su gemelo, siempre fue menos impulsivo y más contenido. Se casó luego de pensarlo mucho, en la misma época en la que Manuel se estaba divorciando. José Luis fue el testigo silencioso del doloroso vía crucis de su hermano. Nunca le gustó la forma de ser de María Gracia, tan mojigata y mosca muerta. Desde que la conoció, sabía que Manuel no iba a ser feliz con ella, a pesar de lo mucho que se querían, y a final de cuentas, no intervino en su relación. Su hermano debía asumir las consecuencias de sus decisiones. Independiente de ello, José Luis siempre estuvo al lado de Manuel para apoyarlo, él era la única familia que tenía, sus padres, lamentablemente, ya no estaban con ellos desde que eran adolescentes. Nunca dejaría a su hermano solo, primero se cortaría un brazo antes de permitir que eso sucediera, y Manuel pensaba exactamente igual que él. Ellos eran sangre, carne y espíritu, y solo la muerte sería capaz de separarlos.

—Es una mujer, ¿cierto? —indagó José Luis sin dejar de mirar la masa que estaba preparando y que ya estaba tomando la forma y textura adecuada.

—Sí —reconoció finalmente Manuel—. Conocí a alguien. —Suspiró cansado y bebió otro sorbo de café amargo.

—Debe ser muy especial para que te tenga así de pensativo. Hace mucho tiempo que no te veía así... y ¿cómo es ella? —preguntó, interesado por la novedad.

—Francamente, la conozco poco. Hace una semana hubo un incendio, yo estaba cerca y fui de voluntario. El comandante me calzó con el informe técnico. El viejo zorro siempre me pide a mí los informes, como soy el único ingeniero químico del cuartel, mi título le da más seriedad a todo el papeleo... Como sea, el asunto es que ella es forense de la PDI, es muy linda y joven, de hecho pensé que tenía veintitantos, pero probablemente ya debe tener unos treinta. —Esbozó una sonrisa al recordarla—. Esa mujer es como pasto seco, prende ante la menor chispa. Apenas le hablé la primera vez, ella se puso a la defensiva y afloró un mal carácter que ni te explico. ¡Es terrible! Mi reacción ante su mal talante, siempre era provocarla, presionarla, coquetear con ella, sacarla de quicio. Es muy divertido verla enojada, es impredecible. Es casi un deporte extremo hincharle las pelotas. No sé por qué lo hacía, pero ella tiene un «no sé qué, qué sé yo» que me llama la atención a pesar de su genio de los mil demonios.

—Ya, continua… sé que hay más, no te lo guardes, tarde o temprano me voy a enterar igual —insistió José Luis mientras envolvía la masa en plástico y la ponía sobre la cocina para que leudara—. Esto ya está listo, va estar de miedo este pan —murmuró satisfecho para sí mismo.

—*Okey*, vieja metiche —masculló Manuel—. Resulta que el día después del siniestro, almorzamos juntos para corroborar datos de su informe forense, ya que el incendio fue accidental, pero de una manera muy inusual. No pude resistirlo más, y le pregunté directamente si me odiaba, o si le había hecho algo malo. Quería una respuesta ante su mal humor que tiene cada vez que hablaba conmigo. —Manuel pretendía tomar otro sorbo de café, pero la taza quedó a medio camino, y se quedó en silencio rememorando ese día.

—¿Y?, ¿qué te respondió? ¡No te quedes callado, hombre! —José Luis presionó curioso, mientras se lavaba los restos de masa que quedaban en sus manos. Estaba impresionado por tanta elocuencia de su hermano respecto a esa mujer y quería exprimirle hasta la última gota de su relato.

—Me dijo que mi voz es igual a la de Elvis —respondió lacónico.

—¿Qué?, pero ¿qué clase de respuesta es esa? —Soltó una fuerte risotada—. Y eso que a ti te han dicho de todo. Absolutamente de todo.

—Eso mismo pensé yo. Ella es fan de Elvis, no creo que sea de las locas que van a Graceland y coleccionan toallas sudadas. Pero si ha visto toda la filmografía de él, es porque realmente le gusta. Isidora adora la voz de «El Rey».

—Bonito nombre —acotó—... Isidora… Entonces, si ama la voz de Elvis Presley, por ende, ¿adora tu voz?

—Algo así, me dijo. —Levantó su dedo índice para dar énfasis—, textualmente, «tu maldita voz me pone nerviosa, es como si todo el rato me estuvieras susurrando cosas eróticas al oído, ¡y no lo soporto!». —A Manuel se le repetían, cada maldito día, esas palabras en su mente como si fuera un disco rayado. No podía quitarse de la cabeza aquella mujer. Le hacía imaginar millones de maneras eróticas de cómo volverla loca hasta llevarla al límite, y eso lo tenía más que trastornado. Pero en el fondo, también había algo más que eso y no lo quería reconocer. Haber mantenido todo en el lado estrictamente profesional había sido peor, ahora Isidora era parte del mobiliario mental de él. Definitivamente, había cometido un error garrafal.

—¡Caramba!, abres la boca y la calientas, ¡eso sí que es todo un súper poder!, —exclamó burlón—, pero si ya tienes casi todo el trabajo hecho. Tú, en cierto modo y un tanto extraño le gustas, y ella a ti te gusta, y mucho por lo que veo, ¿y cuál es el problema, entonces?

—El problema es que yo no me quiero involucrar con ella. Isidora no es cualquier mujer, por lo menos, no es igual a las que yo frecuento. No es mi estilo —respondió no muy convencido. Cada vez creía menos en esa excusa.

—Ahhhh, ya entiendo, ella tiene un coeficiente intelectual de más de dos cifras, sabe lo que quiere y tiene experiencia. Todo lo contrario a las «señoritas» con las que sueles «confraternizar» —ironizó—. Es evidente que es del estilo con cerebro y que requiere un grado alto de dedicación. Tal vez es demasiada mujer para ti.

—Ja-já, muy gracioso.

—Entonces, resumiendo, el problema es que no quieres involucrarte, pero te gusta un montón —sentenció—. Tanto como para querer meterte hasta el fondo en el asunto... ¿Ella es casada?, ¿sale con alguien o está sola? ¿Hay algún impedimento real como para que no puedas dar un paso adelante y salir del hoyo en el que has estado metido los últimos cinco años?

—No he estado en ningún hoyo, José Luis. —Manuel ya se estaba preparando para la misma perorata de siempre, su hermano siempre la daba la lata con eso.

—¿Cómo qué no?, desde que te divorciaste lo único que haces es estar preocupado por nosotros, sin ofender, y salir con *minas* que no representan ningún peligro para ti. Necesitas salir de tu zona de confort y aceptar el desafío que ella es, una mujer hecha y derecha, eso es lo que te hace falta. Podrías hacer la prueba, no pierdes nada con ello.

—El matrimonio te hace ver tonteras, José Luis, no todo es color de rosa, córtala con el asunto, pareces una vieja alcahueta.

—El matrimonio me hace ver las cosas de otra forma, hermanito. Soy feliz, tengo mi mujer, una hija. Tú también querías eso cuando te casaste, no tuviste suerte, eso es todo. No puedes seguir castigándote por cosas que no fueron tu culpa. Hiciste lo que pudiste, a María Gracia su mamá loca le lavó el cerebro y les jodió la vida. Esa vieja es la culpable no tú... Inténtalo, insisto, no vas a perder nada, ya no tienes veintiuno, estás harto viejote, hediondo, y *pelu'o*, ya sabes cómo son las cosas. Si no te gusta cómo se va desarrollando todo, cortas por lo sano y ya. Es mejor arrepentirse de hacer algo, que de no haberlo hecho nunca.

—¿Terminaste de darme consejos? —interpeló Manuel aburrido por el sermón.

—*Hueón* malagradecido. —Sonrió José Luis—. Me la presentas cuando pases la barrera de las dos semanas de relación. Las *minas* contigo no duran más tres días, así que será todo un avance cuando eso suceda.

—Sí, claro —afirmó sarcástico—. Siempre y cuando ella me confirme que no está en alguna relación.

—Me quedo tranquilo ahora, por lo menos sé que lo vas a intentar.

—¿Qué?, oye, yo solo estaba *hueveando*. No estaba hablando en seri…

—Lo harás, lo sé —interrumpió—. Soy cinco minutos mayor que tú, tengo más experiencia en esta vida y soy mucho más atractivo.

—Habla todo lo que quieras… Oye, ¿y las chiquillas, dónde están?, hace un rato estaban pululando aquí, ahora no las veo por ninguna parte —preguntó Manuel cambiando de tema y así evadir de manera olímpica los asuntos peliagudos del corazón.

—Fueron a comprar mantequilla al supermercado. ¡Pero si te lo dijeron! ¡Dos veces! Andas en la luna, Manuel. —Soltó una risita guasona—. Ahora que lo pienso ya se han demorado mucho. Capaz que lleguen con algún «extra». Te apuesto que va a ser una camiseta de Princesas o de Super Mario para la pequeña saltamontes.

Manuel, esbozó una sonrisa, suspiró, y volvió a sumergirse en sus pensamientos. Sabía que su hermano tenía razón. Claro que eso no se lo iba a reconocer, porque aquello sería nefasto y se convertiría en el hazmerreír de él por décadas. La única manera de dejar de pensar en Isidora, era dar un paso al frente y ver hasta dónde llegaba tomando la iniciativa. Total, peor de lo que había vivido con su ex mujer no podía ser.

Sí, definitivamente, no podía ser peor.

## Capítulo 8

*«Yo no me encuentro a mí mismo cuando más me busco. Me encuentro por sorpresa cuando menos lo espero.»*

**Michel Eyquem de Montaigne**

—*Déjà vu* —susurró asombrada Isidora.

—¿*Déjà* qué? —preguntó Jesu.

—*Déjà vu*, esto… ya lo vi antes.

—¿Qué cosa viste? —Jesu Miró para un lado y luego para el otro—. Estoy perdida. No te entiendo nada, Isi.

—Tú, yo, este helado de chocolate y este lugar. Ya lo viví antes, o lo soñé… no importa, olvídalo.

—Ahhhhh, eso, ya entiendo… Estás rara, Isi. ¿Pasó algo?

—Nada nuevo bajo el sol. Todo sigue igual. —Suspiró ella mientras revolvía distraída lo que quedaba de helado en el fondo de su copa.

—¿No hay ninguna novedad de tu «Elvis»?

—No me menciones a ese tipo infumable, y no es «mi Elvis» —contestó de mala gana Isidora.

Jesu sonrió, Isidora no podía engañarla fácilmente, ese hombre que tanto ponía de mal humor a su cuñada, estaba convirtiendo el mundo caótico de esa mujer que tanto quería en algo peor, pero a la vez, eso era algo positivo. Se podía percibir un brillo en los ojos de Isidora, cada vez que hablaba de ese hombre. Estaba claro que su cuñada necesitaba cambiar la dirección de su vida.

Ambas mujeres se habían hecho amigas desde que se conocieron en el cumpleaños número treinta de Isidora. En esa ocasión Leonardo, el hermano de ella, presentó a Jesu en la familia como su pareja. En muy poco tiempo ellas se volvieron muy unidas, se comunicaban principalmente por mensajes de *WhatsApp* y uno que otro llamado telefónico. No se juntaban muy a menudo ya que Jesu distribuía su tiempo entre su trabajo, su hermana enferma y su relación amorosa con el hermano de Isidora. Pero de todas formas, intentaban mantenerse siempre al día.

Durante el tiempo que Isidora que vivió en Valparaíso, ella no cultivó ninguna amistad, para ella solo se trataba de trabajo y nada más. Se preocupó de su familia, de sí misma y no le dio cabida a nadie más en su vida. Al volver a la capital después de cinco años, se dio cuenta de que no tenía amigos, nadie con quien hablar y que no fuera de su propia sangre. Jesu era una preciosa mujer de baja estatura, dulce como la miel, con una voluntad de hierro y que se robó el corazón de su hermano, y la absoluta confianza, amistad y simpatía de Isidora.

—Te estás haciendo demasiados problemas. Si hubiera estado en tu lugar, lo habría llamado hace rato por teléfono solo para escuchar su «estúpida y sensual» voz, o mejor aún, le habría invitado un café para escuchar y ver el paquete completo —dijo Jesu con coquetería.

—¿Y desde cuando tienes ideas tan osadas, pequeña?

—Tu hermano es mala influencia, vivir con él y hacer cochinadas todos los días, me está corrompiendo —declaró como si nada, y luego se llevó a la boca una cucharada de helado con crema y sonrió.

—¡Oh, por Dios!, eso es demasiada información, Jesu. Ya me hice la asquerosa imagen mental de ustedes dos follando como gorilas. ¡Iiiiu! —exclamó con asco.

—Tú preguntaste. —Rió ladina, y luego suavizó el gesto—... De verdad, Isi, y hablando en serio. Tienes que abrirte más. El tipo te gusta, no lo niegues, y por lo que me has contado, tú no le eres del todo indiferente. El día del cuesco vas a dar por cerrada tu etapa con José Miguel si sigues evitando relacionarte con el sexo opuesto. Eres una mujer joven y bonita, ahí afuera hay alguien para ti, en una de esas es ese bom-bombero de voz sexy, pero eso no lo sabrás si no te das una oportunidad.

Isidora suspiró, Jesu tenía razón, pero para ella, era tan difícil tomar la decisión, temía volver a perderse a sí misma, no quería volver a equivocarse. Estaba en un gran dilema, no estaba cien por ciento contenta con su vida, pero a la vez no se atrevía a cambiarla por temor a volver a sufrir.

—No vas a perder nada si lo intentas, Isi. Como dice la canción, tú eres «como el junco, que se dobla, pero siempre sigue en pie». Si todo sale mal, te volverás a levantar, eres muy fuerte aunque no lo creas.

Isidora sonrió, era reconfortante conversar con su nueva amiga. Un mensaje entrante en el móvil de Jesu interrumpió el momento, era Leonardo, preguntando que a qué hora volvía. Vio el reloj del celular y se dio cuenta que el tiempo se les pasó volando, como siempre sucedía cada vez que se reunían. Contestó el mensaje de vuelta con una sonrisa maliciosa.

—No quiero ni saber qué cosa le estas escribiendo al Petardo, ¡par de calientes de mierda!

—¿Por qué piensas que le estoy escribiendo algo sucio? —preguntó Jesu haciéndose la inocente.

—Porque tienes una sonrisa que te parte la cara. Además, acabas de echarte al agua, yo no dije nada sobre cosas sucias. Tú solita te pusiste en evidencia.

Jesu rio a carcajadas, a su cuñada no se le escapaba nada, por eso le caía tan bien. Se sentía cómoda al conversar con ella. Con Isidora, podía hablar sobre cualquier cosa sin tener que explicar todo dos veces.

Pagaron la cuenta, se despidieron con cariño y cada una tomó rumbo a sus respectivos hogares. Isidora llegó en veinte minutos al edificio donde vivía, ese día en particular había sido agotador. El helado de chocolate y la compañía le subió el ánimo, el cual sufría de altibajos constantes desde aquel día que se reunió con Manuel, hacía un poco más de una semana. Varias veces se vio con su número a punto de marcar para llamarle y escuchar su inquietante voz, pero a último minuto se acobardaba y bloqueaba la pantalla.

Al pasar por el hall de entrada, saludó al conserje, don Atilio, quien conversaba animado con otra persona, y se quedó petrificada.

Ahí, en vivo y en directo tenía al culpable de todos sus males y que le tenía los nervios de punta. Don Atilio se quedó mirándola extrañado por la cara que puso. El hombre al notar la rara actitud del conserje, se dio media vuelta y la miró confundido.

«¿Qué diablos hace Manuel aquí?», pensó Isidora. Inmediatamente dirigió sus pasos hacia él, molesta, porque sentía que, de algún modo, ese hombre estaba invadiendo su privacidad sin ser consultada. «Si por último me hubiera llamado, incluso lo habría invitado a mi departamento, para tomar un café», pensó enojada y a la vez sorprendida por su cambio de actitud respecto a él.

—¿Qué hace usted aquí, señor Rodríguez? —inquirió con fastidio.

—¿Eh? —Él la miró más sorprendido e intrigado aún—. Vivo aquí… perdón, ¿hay algún problema?

—¿¡Qué!? —Isidora creía que era una broma de muy, muy mal gusto, y se enojó más todavía—. ¿Me está tomando el pelo?, no estoy de humor para sus tonteras de siempre. ¡Aiiiiish! —rezongó frustrada—. ¡Esto es el colmo!

—No, no es una broma, para nada… —Se quedó pensativo unos segundos en silencio y luego como si hubiera entendido todo, comenzó a reírse.

Isidora, ella sí que no entendía nada, y más encima, el infeliz se reía a costa de ella. Furiosa, dio media vuelta y se dirigió al ascensor a paso veloz para escapar de él, pero tenía una sensación rara, no estaba nerviosa al hablar con él... Era su voz... Ahí había algo raro y no le cuadraba...

—¡Espere, señorita!, es un error. —Caminó rápidamente en dirección a Isidora hasta alcanzarla—. No soy Manuel —aclaró con una sonrisa en su rostro.

—¿Qué? —preguntó ella incrédula. Lo miró de pies a cabeza con detención... era cierto, no era Manuel, la cicatriz del cuello no estaba. Al instante comprendió todo y se relajó.

—Soy el gemelo «bueno», Manuel es el gemelo «malo» —bromeó José Luis.

—Increíble, son idénticos... bueno, casi. Usted parece ser menos infumable y molesto.

—Soy el más simpático y apuesto de los dos. José Luis Rodríguez, a sus órdenes.

—¿De verdad? —interrogó incrédula levantando una ceja, «éste tiene nombre de cantante venezolano», pensó divertida—. ¿Sus padres tenían alguna fijación por ponerles nombres de famosos con apellido Rodríguez?

—No sabían lo que hacían. Cuando nací, «El Puma» no era tan famoso. —Sonrió—. ¿Y su nombre es?

—Isidora Apablaza... a sus órdenes —saludó ella imitando la forma que tenían los hermanos Rodríguez para presentarse, y ofreció su mano para ser estrechada.

La sonrisa de José Luis se amplió aún más. «Así que ella es la mentada Isidora, la mujer mal genio que trae a mi hermano como loco», pensó él mientras devolvía el saludo. De algún modo sabía que era ella, incluso antes de que le revelara su nombre. Se dieron un apretón firme, pero sin exagerar y sin perder el contacto visual. Al instante el sexto sentido de José Luis le dijo que aquella mujer era todo lo que su hermano necesitaba en esta vida, pero que, tal vez, no iba a ser tan fácil convencerla. Bueno, eso se podía arreglar, dándole un empujoncito a ambos.

—Un gusto, Isidora. Manuel me ha hablado mucho de usted.

—¿En serio? —Ella sintió un leve calor en sus mejillas y su corazón comenzó a latir más rápido, le dio gusto saber eso. ¡Maldición!, le dio demasiado gusto saber eso.

—En serio, usted es tal como él me la describió. —José Luis presionó el botón para llamar el ascensor—. No la había visto antes por aquí, ¿es nueva en el edificio, o es una especie de ermitaña?

—Soy nueva, llegué hace un poco más de un mes. ¿Y usted?

El ascensor abrió sus puertas y ambos entraron, José Luis apretó botón que indicaba el décimo quinto piso e Isidora el noveno.

—Llegué con mi esposa hace cuatro años. Tenemos una hijita de tres, se llama Andrea.

—Ahhhhh, así que es ella la que no le gusta el tono de rosado de la ropa que elige su tío.

—La misma. Manuel no conoce la diferencia entre el fucsia, el rosa palo y el rosa pastel. La pequeña odia el fucsia.

—Impresionante, un hombre que sabe de colores, su esposa sí que tiene suerte —bromeó.

—Son los años de circo. —Sonrió cálidamente—. Entre mi hija y mi señora me han metido nombres de colores hasta por las orejas, sobre todo los tonos de rosa.

Isidora rio, le pareció muy simpático y agradable José Luis, no era avasallador como Manuel, quien con su forma de ser la abrumaba, la atraía y le revolucionaba las hormonas y la vida. Sí, para qué negarlo más, le gustaba mucho el infeliz desgraciado. Era increíble, ellos eran físicamente idénticos, pero solo ese bombero de voz sexy le movía el piso; su piel y su corazón lo sabían. El timbre del ascensor indicó que habían llegado al piso de ella y las puertas se abrieron.

—Ha sido todo gusto conocerlo, José Luis, cuídese —dijo ella mientras salía del ascensor.

—El gusto fue mío. Ya nos veremos, vecina. —Las puertas del ascensor comenzaron a cerrar, y él le guiñó el ojo—. Él la llamará…

—¿Qué?, ¿quién?... ¡Espere! —Tarde para preguntar, las puertas se cerraron.

José Luis sonrió pícaro. Sacó su móvil y llamó a Manuel. Dos tonos y conectó.

—Hola, pelafustán —saludó Manuel del otro lado de la línea.

—¡Hermanito!, te llamo para informarte que estás total y absolutamente en la ruina. Adivina a quien acabo de conocer…

Isidora, se quedó mirando la puerta del ascensor sin entender mucho lo que quiso decir el hermano de Manuel. «¿Él me va a llamar?», se preguntaba, «tal vez bromeaba», se contestaba a sí misma al instante, para no darle más vueltas al asunto. Dirigió sus pasos a su departamento, abrió la puerta, y entró a su caos. Miró todo a su alrededor, a conciencia, y con un poco de melancolía. Ropa tirada, libros en el suelo, loza sucia, todo estaba como si el Demonio de Tasmania hubiera pasado a visitar su departamento. Era viernes y no tenía nada que hacer… en teoría.

—Voy a limpiar este desastre. Esto está hecho un chiquero.

# Capítulo 9

«*A veces primero tienes que dar un salto de fe, la confianza viene después.*»

**David S. Goyer**

Cuando el reloj marcó las tres de la madrugada, y después de seis horas de arduo trabajo doméstico, Isidora cayó rendida sobre su tibia cama recién hecha y que olía a suavizante de ropa.

—Mmmmmm, el calientacamas es el mejor invento de la historia para las personas que viven solas —concluyó ella—. Es un manjar para este cuerpo cansado , trabajador y friolento...

Con una sonrisa en sus labios, se sumergió en un plácido y reparador sueño. Morfeo la abrazó cálidamente en su regazo y la bendijo con un descanso que ella había olvidado que existía.

Al día siguiente, y con energías renovadas, se levantó de su cama a las diez de la mañana, y se dirigió a su pequeña cocina americana para tomar un desayuno frugal, el cual se componía de un par de tostadas con mantequilla y un café *espresso*. Algunas veces incluía un trozo de chocolate con almendras, pero hoy desechó esa parte del menú. Mientras disfrutaba de su alimento, masticando pausada y sin prisa, comenzó a revisar su celular. Ella no tenía redes sociales, ni nada por el estilo, con suerte usaba *WhatsApp* y leía el diario en su versión digital. Grande fue su sorpresa al ver que tenía dos llamadas perdidas. Isidora solía dejar su equipo en vibración durante la noche, pues solo con eso bastaba para despertar, pero esta vez durmió tan profundamente que no resucitó con nada.

Revisó el listado y vio que ambas llamadas eran del número aquel que ya casi se había aprendido de memoria. Era Manuel. Su primer impulso fue devolver el llamado, pero automáticamente se detuvo, como si fuera un mecanismo de defensa.

—No pienses, Isidora. ¡Hazlo, mierda!, ¡llámalo! —arengó—. ¡Tu vida no cambiará si no cambias tu maldita actitud!

Inspiró profundo para llenarse de valor y marcó de vuelta. Un tono, dos tonos, tres…

—¿Aló?

—Hola… ¿Manuel? —Isidora estaba nerviosa, cerró los ojos, su cuerpo no había olvidado el efecto de la voz de él a través de la línea telefónica. Su piel reaccionó al instante y no pudo contener un escalofrío que la recorrió de los pies a la cabeza.

—Isidora… hola, ¿cómo estás? —Él también estaba nervioso, pero sonreía, casi no le salían las palabras con fluidez. Se sentía como si tuviera quince años, su corazón latía con más fuerza y rapidez de lo normal.

—Bien, bien… ehhhhh… tenía un par de llamadas perdidas tuyas.

—Sí, sí llamé hace un rato…

—Estaba dormida, no sentí el móvil —interrumpió ella para justificarse.

Silencio…

—Esto se está volviendo un poco incómodo… Isidora, ¿quieres almorzar conmigo?, me gustaría pasar un rato contigo y conversar… conocerte más. —Finalmente, Manuel hizo la propuesta que deseaba hacer y no se atrevía, y al instante se relajó.

—Sí, me encantaría, ¿cuándo? —respondió y preguntó entusiasmada.

—¿No tienes una hermana gemela, cierto? —preguntó un poco incrédulo por la inmediata y animada respuesta positiva, y sin ningún rastro de mal humor por parte de ella—. ¿No me vas a echar la caballería encima? Estoy acostumbrado a tus otras reacciones.

—Manuel, por favor no arruines el momento. No estoy de humor para discutir contigo, y no, no tengo un clon como tú, dime ¿cuándo?

—Hoy, a las dos y media de la tarde ¿te parece? Te iré a buscar a tu departamento. Mi hermano… es un alcahuete me contó que ustedes son vecinos.

—Ok, no hay problema. Supuse que él te iría con el chisme, es muy simpático, pero tal parece que no puede mantener su boca cerrada. El número de mi departamento es el novecientos cinco, nos vemos a esa hora.

—Ahí estaré puntual, nos vemos, adiós, Isidora.

—Adiós, Manuel.

Al terminar el llamado, Isidora tenía una sonrisa de alivio y satisfacción en su cara. Pero, rápidamente, desapareció, siendo reemplazada por los rasgos faciales de una psicópata desesperada.

—Voy a salir con él… —susurró mortificada—. ¿¡Qué mierda me pongo!? —chilló.

Corrió a su closet a buscar algo para vestir. Registró durante media hora, toda su ropa era de trabajo y solo tenía un par de jeans gastados y unas blusas del año de la cocoa que usaba para ir a la casa de sus padres. «No iba a ningún concurso de belleza por eso no tengo nada decente», se recordó a sí misma por su falta de prendas adecuadas para salir con un hombre. «Una pésima excusa», se reprendió mentalmente. Se detuvo un momento para tranquilizarse y pensar con claridad hasta que…

—¡Bendito sea el centro de Santiago! —exclamó contenta y eufórica—. Está lleno de tiendas, casi pierdo la cabeza por una tontera.

Tomó su cartera, las llaves y salió como si estuviera corriendo una maratón para comprar algo bonito y acorde para su cita. La ocasión lo ameritaba, era la primera vez que salía con alguien desde que estuvo con José Miguel. No importaba lo que resultara de todo esto. Ella había tomado su oportunidad, y la iba a aprovechar. Nunca nadie le reprocharía que no lo intentó.

Manuel cuando cortó el llamado, empezó a respirar de nuevo aliviado. Al fin se decidió, e iba a salir con ella. Qué bien le hacía sentir la brisa fría en la terraza, le refrescaba el rostro que lo tenía sonrojado por alguna extraña razón. Esa agradable sensación murió a los pocos segundos, cuando se dio media vuelta y miró a su hermano que estaba espiando detrás del vidrio con una sonrisa burlona.

—Sabía que la llamarías —dijo José Luis satisfecho.

—¿Por qué estabas tan seguro de ello? —preguntó molesto.

—Porque no soportaste la idea de que yo le cayera mejor que tú. Conmigo fue muy amorosa y amable, nada que ver con la mujer tipo Hulk que me describiste —contestó socarrón para molestar a su hermano.

—¿No te cansas de decir tanta *huevada* junta, verdad?

—Bueno, bueno… ya está. La llamaste, y saldrán a comer, y se conocerán, y todo lo demás. Estoy orgulloso de ti. —Comenzó a fingir un sollozo de manera exagerada—. Estás tan grande y maduro… ¡ay! no sé en qué momento creciste tanto, hijo mío.

—Deja de hablar tonteras, hijo de…

—¿Ya terminaron de pelear? —reprendió Susana, la esposa de José Luis, haciéndose la enojada.

—… Mi mamita que está en el cielo… ¿ya está lista la pequeña Andrea, cuñadita linda y preciosa?

—Chupamedias lisonjero, la niña te está esperando en el living para ir a desayunar pastelillos —confirmó Susana con una sonrisa en su rostro.

—Tú y tus panoramas con la Andrea, me la estas malcriando —regañó José Luis a su hermano.

—Por algo soy su tío favorito.

—Eres el único que tiene, tarado —apostilló José Luis

—No sé de qué te quejas. Estarás un par de horas a solas con mi cuñadita para hacerme otro sobrino o sobrina. Deberías estar levantándome un altar.

—Vete, Manuel. Ahora —ordenó Susana.

—Ya me voy, ya me voy. ¡Qué pesada!, ustedes son unos malagradecidos con este buen samaritano.

—¡Veteeeeeee! —exclamaron José Luis y Susana al mismo tiempo.

Isidora estaba saliendo de la sexta tienda buscando algo especial, pero no se decidía por nada, había olvidado lo mañosa que era con la ropa, «muy corto», «muy largo», «demasiado hippie», «esto es lindo pero es formal», «muy de vieja», «muy de quinceañera», «odio el *animal print*», «esto parece papel tapiz», «esto es para un funeral», «¿por qué todo el mundo ahora usa colores flúor?, ¡no estamos en los noventa, por Dios!»…

Cansada, estaba a punto de tirar la toalla con su empresa de buscar la ropa indicada. «Mejor compro un jeans, una blusa y ya», pensó aburrida de no encontrar nada que le gustase, mientras caminaba por la calle Huérfanos. Hasta que lo vio. Un precioso vestido rojo en el escaparate de una pequeña tienda que le decía, «cómprame, Isidora, soy perfecto para ti».

—¡Eureka!, ¡ese es! Alabada seas, Coco Chanel, diosa de las mujeres acorraladas por la horrible moda reinante.

Entró a la tienda con toda la esperanza de que tuvieran el modelo en su talla.

—Tío, ¿pastelillo? —preguntó la pequeña Andrea, ofreciendo uno a Manuel.

—Ya, dame otro. —Recibió la magdalena y le dio un mordisco—. Sabes, hoy saldré a almorzar con alguien. No sé qué hacer, Andrea, hace tantos años que no hacía algo así. Estoy oxidado en este tipo de situaciones, es muy diferente a cómo es cuando se trata de las otras «señoritas». Isidora es más que eso.

—¿*Otas señoditas*? —Succionó con una pajilla, el jugo de frutilla de su vaso—. Mmmmm… ¡*Gico, tutillas*!

—Señoritas, del tipo que no quiero que seas en tu vida, ¿escuchaste?

—Ajá —respondió distraída.

—Así me gusta, que seas decidida, igual que ella… Sí, parece que es la mujer de mis sueños. Puede ser que no sea tan malo después de todo jugar en su liga. Necesito una mujer de verdad a mi lado, ¿cierto?, ¿quieres tener una tía súper inteligente y linda?

—Tía, ¡ya!, ¿es una *pincesa*?

—Dudo que sea una princesa, ella es más como Fiona de *Shrek* mezclada con *Black Widow*. Pero estoy seguro de que te gustará cuando la conozcas.

Isidora, miró por sexta vez en cinco minutos, el reloj mural que estaba colgado en la pared del living de su departamento. Estaba sentada en su sofá, moviendo su pierna derecha con impaciencia, eran diez minutos para las dos de la tarde, y como nunca estaba lista para que Manuel no tuviera que esperarla.

Había comprado el vestido, los zapatos e incluso accesorios en esa pequeña tienda, y cuando llegó a su departamento, se metió al baño, se duchó, se exfolió, se depiló, se… en resumidas cuentas se hizo un *fashion emergency* completo, que la dejó radiante y más linda de lo que ya era, y cualquier hombre o mujer con sangre en las venas, se daría vuelta para mirarla.

Miró nuevamente el reloj y ya eran las dos de la tarde, el segundero avanzaba lentamente, lo miraba fijo por si avanzaba más rápido. Dos con un minuto, casi dos.

El repentino sonido del timbre la hizo saltar y dar un grito asustado. «¡Mierda!, eso debió escucharlo hasta don Atilio», pensó Isidora, mortificada. Se levantó de su sofá y caminó con fingida tranquilidad y naturalidad hacia la puerta, y cuando la abrió, con lo primero que se encontró, fue con esos ojos grises como nubes tormentosas viéndola fijamente con una expresión que, definitivamente, era de sorpresa y algo más que no fue capaz de descifrar.

—Hola, Isidora. —saludó Manuel con una sonrisa de medio lado que era capaz de desintegrar ropa interior femenina, y ella estaba segura que él podía acariciar cada rincón de su cuerpo con el solo aleteo de sus pestañas.

Ella no reaccionó, estaba inmóvil.

Estaba total y absolutamente perdida.

# Capítulo 10

*«Descubrir algo significa mirar lo mismo que está viendo todo el mundo, y percibirlo de manera diferente.»*

**Albert Szent-Györgyi**

—¡Hey, Isi!, ¿estás bien? —preguntó Manuel preocupado.

Cuando de los labios de él emergió su diminutivo, ella pestañeó rápidamente y se espabiló un poco descolocada.

—Hola, perdón… Hola, Manuel. —Isidora sonrió abiertamente—. Por favor, no sonrías así, que me acabas de matar un millón de neuronas y las necesito para tener alguna conversación inteligente contigo —bromeó con coquetería. Sí, ella sabía jugar a eso, pero esta vez iba a jugar en serio, con la clara intención de no despacharlo.

Manuel sonrió, no sabía si habían golpeado en la cabeza a Isidora y le transformaron la personalidad o si, en definitiva, ella había cambiado su actitud hacia él volviéndose más abierta y receptiva. Si antes le gustaba toda arisca y malas pulgas, ahora le encantaba femenina y coqueta, pero sin perder una ápice de su esencia.

—Bueno, me pondré más serio, en ese caso. ¿Vamos? —propuso ofreciendo con galantería su brazo derecho—, mi hermano me recomendó un lugar muy bueno, y a propósito de bueno, te ves muy, muy bien, el rojo te hace ver diferente

—Gracias, tú también te ves bien —afirmó Isidora, colocando su mano en el brazo que él le ofrecía. Era agradable sentir la calidez que traspasaba la ropa de él y aquello la relajó—. Aunque la primera vez que te vi no hubiera pensado que eras del estilo elegante, pero no estirado, todo un *gentleman*. —dijo Isidora haciéndole una repasada visual a la vestimenta de Manuel, zapatos marrón de cuero, jeans oscuros, camisa blanca y americana azul.

—Es lo que hay. Francamente, mis años de zarrapastroso están en el olvido, junto con mi adolescencia.

Isidora rio y a él le encantó verla tan animada, se preguntó cuánto rato más duraría su buen humor, era demasiado bueno para ser verdad. Se dirigieron al ascensor y Manuel marcó el subterráneo.

—Así que tenemos medio de transporte propio, solo espero que no sea una moto —bromeó al deducir que iban al estacionamiento del edificio.

—Ehhhhh, sí, es una —afirmó incómodo.

—Ay no. —Isidora sentía que se le caía el cielo a pedazos—. ¿Y cómo pretendes que me suba a una moto con un vestido?, se me va a ver hasta el desayuno —lanzó la primera excusa que pasó por su cabeza.

—No seas tan dramática, no es una Scooter, es una Ducati, irás cómoda y yo manejo de manera segura.

—No se trata de dramatismo, ni de comodidad, ni mucho menos por tus normas de seguridad al conducir. —«Mejor digo la verdad», pensó frustrada—... ¡Aishhh!, no me gustan las motos, las detesto, les tengo terror, fobia, pánico, repelencia. Las odio con todo mi corazón.

—Hey, pero si no es para tanto, no vamos tan lejos. Ves cosas horrorosas todos los días y te da miedo una simple motocicleta.

—Por eso mismo las odio, porque cada cierto tiempo me toca ver cómo quedan los «fiambres» después de un accidente en esas máquinas infernales... Por favor, no me obligues a ir montada en esa cosa —dijo en un tono suplicante—. Va más allá de mi tolerancia, y hoy no será el día en que me suba a una. Prefiero ir caminando hasta que me salgan ampollas en los pies —sentenció firmemente.

En ese momento las puertas del ascensor abrieron al estacionamiento subterráneo. Manuel sabía que había metido la pata hasta el fondo con insistir tanto con el asunto de la moto e Isidora ya estaba poniéndose de malas. Suspiró y marcó el primer piso para tomar un taxi, pero Isidora puso la mano en la puerta para impedir que se cerraran las puertas.

—Si quieres podemos ir en mi auto —propuso conciliadora—. De verdad me descompone el tema de las motos, no es capricho, ni es ningún tipo de remilgo femenino.

—Bueno, vamos en tu auto —aceptó Manuel resignado. A todas las mujeres con las que salía les gustaba la moto, la velocidad, el viento y agarrarse de él con fuerza... y algunas chillaban de miedo porque prefirieron hacerse las valientes en vez actuar con sensatez y negarse con dignidad. Isidora definitivamente no era como las otras. «Lógico que no es como las otras. Debí usar el cerebro, ¡tarado!», pensó.

Isidora hurgó en su pequeña cartera y encontró de inmediato las llaves de su auto. Desactivó la alarma. y a Manuel no le sorprendió en absoluto que ella fuera la dueña de un *city car*. Lo que sí le llamó la atención fue el color.

—¿Amarillo?, a ti te deben ver a veinte kilómetros de distancia.

—No te burles de mi «Pikachu», que no me ha fallado nunca. —Esbozó una sonrisa con cariño a su pequeño auto, significaba mucho para ella, no era un simple medio de transporte—, y la gracia es que los demás me vean a veinte kilómetros de distancia, así no tendrán la patética excusa de «no la vi, mi cabo».

—Pero sí tendrán la excusa de decir, «el maldito color amarillo me encegueció, mi cabo». —¡Diablos!, no podía evitarlo, Manuel siempre tenía que provocarla, era un acto reflejo.

-Jo, jo, jo, muy gracioso. —Sonrió burlona, no se iba a molestar por esa broma, todo el mundo le hinchaba las pelotas por el color, ya estaba acostumbrada, y a estas alturas, solo le provocaba gracia—. Por lo menos no correré el riesgo de quedar regada por el suelo, como suele suceder con esas cosas de dos ruedas. En todo caso, es casi ilegal conducir una moto con la ropa que tú y yo llevamos puesta. Deberías usar vestimenta de cuero para mayor seguridad.

Para infortunio de Isidora, la imagen mental de Manuel enfundado en cuero negro fue perturbadora y sensual. Intentó despejar la cabeza e instó a Manuel a entrar en el asiento del copiloto del auto, quien también tuvo una imagen gráficamente erótica de Isidora vestida solo con pantalones de cuero, montada en su moto.

—Y... ¿dónde quieres que te lleve?

—Barrio Lastarria, señorita Apablaza.

—Buena elección, señor Rodríguez.

Isidora encendió el motor y salieron del estacionamiento, condujo tranquila y con seguridad por el centro de Santiago hasta llegar a su destino. El trayecto no fue muy largo, ella vivía en la intersección de las calles Cumming y Moneda, cerca del Barrio Universitario. Estacionó en un pasaje cercano al lugar en donde se concentraban todos los restaurantes. Hacía tantos años que no andaba por ese barrio, la última vez fue cuando celebró su segundo aniversario de matrimonio con José Miguel. A decir verdad, esa celebración no fue propiamente tal, en esa ocasión ella terminó siendo humillada por enésima vez por su marido, pero esa vez fue con público, esa fue la gota que rebalsó el vaso, aquella vez Isidora lloró toda la noche. Después ese episodio todo fue en picada.

Ahora la situación era diferente, incluso esa misma zona había cambiado por completo. Isidora optó por profanar todos sus recuerdos a partir de ese mismo instante, iba a llenarse de nuevas experiencias. No podía borrar su pasado de su mente y de su corazón, pero sí podía construir un presente mucho más enriquecedor y esperanzador.

—Acá es, «Donde Proust», se ve bien el lugar —observó Manuel ajeno a los pensamientos de ella, y le abrió la puerta—. Las damas primero.

Entraron al restaurant y se sentaron en una mesa que estaba en un rincón íntimo y bien iluminado. El lugar era rústico y acogedor, pero a la vez tenía un toque sofisticado. Nada estaba al azar, la decoración, la distribución de las mesas, e incluso, la disposición de las botellas en el bar, daban la impresión de que estaban en ese lugar por algo. Isidora observaba todo con atención, como siempre, se fijaba en los detalles, en las personas, en el ambiente, en los sonidos. Comportarse de esa manera era parte de su trabajo y estaba arraigado en su vida cotidiana también.

Se les acercó una mesera para entregar la carta, y comenzó a recitar su saludo de bienvenida.

—Buenas tardes, les dejaré el menú —Entregó uno a cada uno y Manuel comenzó a leerlo de inmediato— En este local no tenemos señal *wi-fi*, pero les regalamos este cuestionario para que se olviden del internet y se puedan divertir un rato. —La muchacha entregó un folleto de color negro a Manuel mordiéndose el labio inferior con el rostro encendido, gesto que pasó inadvertido para él ya que estaba revisando la carta y miraba de soslayo a su acompañante. Pero para Isidora ese flirteo descarado de la chica no le fue indiferente y levantó una ceja, estaba divertida por esa singular situación. Era lógico que la muchacha reaccionara así, Manuel era un hombre muy atractivo. El servicio terminó cuando la mesera le entregó otro cuestionario de color rojo a Isidora. Puso una cesta de pancitos, un pequeño recipiente de ají pebre y otro con mantequilla, y luego se retiró.

—«Cuestionario de Proust» —leyó Isidora en voz alta—, interesante. «¿Principal rasgo de su carácter?»

—¿Qué? —preguntó Manuel confuso—… Perdón, estaba leyendo la carta.

—*Okey*, principal rasgo de su carácter, no puede hacer dos cosas al mismo tiempo —bromeó Isidora.

—¡Oh, por favor!, puedo hacer dos cosas al mismo tiempo, como caminar y mascar chicle. —Manuel tomó uno de los pancitos de la cesta, lo partió y lo untó en el pebre.

—Eso no cuenta, los hombres han perfeccionado esa técnica para poder simular que son multitarea.

—*Mea culpa*, al menos lo intenté. —Comió un bocado del pan y se quedó pensativo unos instantes mientras masticaba lento, y luego de tragar, se puso más serio—. El principal rasgo de mi carácter… la paciencia y tenacidad.

—Concuerdo con ello, la mayoría de los hombres dejan de hablarme apenas les contesto algo con un poco de sarcasmo o mal genio, tú saliste más duro de roer.

—¿Ves? Paciencia y tenacidad, ese soy yo. —Sonrió burlón—. Ahora me toca a mí. —Leyó la siguiente pregunta para Isidora—. «¿Qué cualidad aprecia más en un hombre?», que pregunta más conveniente para mí —comentó socarrón.

—¿Solo una cualidad? —Miró su folleto y maldijo mentalmente, con una no le bastaba—. Es difícil, pero si se trata de elegir la más importante, sería la lealtad.

—¿Lealtad?, ¿te han sido infiel?

—No. —Negó lentamente con su cabeza—, bueno, supongo que no, pero no se trata de fidelidad, aunque lealtad y fidelidad van de la mano. Cuando hablo de lealtad, me refiero a que ese hombre sea leal a sus valores y convicciones, a sus amigos, a su familia, a su pareja. Un hombre desleal y sin honor no tiene valor para mí.

«Punto para mí», pensó Manuel, modestia aparte. A él le gustó que ella tuviera esa forma de pensar, coincidía con la suya, lealtad era su segundo nombre, sin duda alguna, su historia de vida y su familia lo confirmaba.

—Mi turno. —Isidora leyó en silencio, y sonrió—. «¿Y en una mujer?» —preguntó—, ¿Qué cualidad aprecias más en una mujer?

—La pasión —contestó al instante y sin dudar.

—Fundamente su respuesta, es interesante lo que puedes responder. —«Por favor, que no sea solo sexual su concepto», pensó Isidora suplicante.

—No es una característica netamente sexual, pero no te culpo si es que lo pensaste de esa manera al principio, es lo primero que la gente tiende a imaginar cuando uno habla de pasión. Para mí es un concepto mucho más amplio, aprecio que una mujer sea apasionada de la vida, de su trabajo, que ame y vibre con todo lo que hace, que se entregue en cuerpo y alma a lo que ella considere importante y vital para vivir —contestó mirándola a los ojos.

Isidora se sonrojó sin perder el contacto visual. La mesera, volvió sin ser llamada, interrumpiendo el momento.

—¿Ya decidieron que van a pedir?, ¿un aperitivo?

Ni siquiera habían prestado demasiada atención al menú, estaban entretenidos respondiendo el cuestionario. Ambos maldijeron en secreto a la mesera, pero sonrieron incómodos ante su pregunta.

—A mí deme la recomendación del día —pidió Isidora para despachar luego a la mesera coqueta—, y un vaso de agua mineral, fría, sin gas, sin hielo, por favor.

—Yo comeré lo mismo, pero con una Fanta, por favor —solicitó Manuel, sin tener idea de lo que se trataba la recomendación del día. La mesera tomó el pedido, aleteó sus pestañas sin que él le hiciera caso, y luego se retiró decepcionada—. ¿Y de qué se trata la recomendación del día? —consultó curioso a Isidora, mientras volvía a untar otro trozo de pan en el pebre.

—Sopa de mariscos casera y la entrada es una ensalada de espinacas con champiñones salteados y queso roquefort.

—Ahhhhh, pero si no abriste la carta, ¿cómo supiste?

—Yo lo veo todo, Manuel, todo. Es mi trabajo. La recomendación del día estaba escrita en un letrero afuera, la mesera ha intentado infructuosamente que le des bola coqueteándote descaradamente en frente mío, y esa mujer que está tres mesas más adelante de la nuestra te ha estado mirando con cara de odio. —Él intentó mirar hacia atrás—. ¡No te des vuelta!, voy a sacarle una foto. —Hurgó en su cartera hasta encontrar su celular.

—¡Pero se dará cuenta! —exclamó incrédulo, y se comió el pedazo de pan para hacer otra cosa y evitar la tentación de mirar atrás y ver de quien se trataba.

—¡Pamplinas!, sonríe, Manuel, di «clítoris». —Al escuchar esa palabra, él se ahogó con el trozo de pan que estaba tragando en ese mismo instante y comenzó a toser fuertemente y a golpearse el pecho. Isidora, riendo por la cómica situación, enfocó hacia la mujer—. Si está pendiente de nosotros, creerá que te estoy tomando una foto a ti, no a ella. —Capturó la imagen, la revisó y le entregó su móvil a Manuel, quien ya se recomponía de su ataque de tos, para que viera quien era la persona que lo fulminaba con la mirada.

Al ver la imagen de aquella mujer, a Manuel se le removieron un montón de sentimientos, pero no lograron perturbarlo del todo, él había dejado atrás esa historia. En su rostro solo se dibujó un poco de melancolía, tal vez nostalgia. Isidora lo observaba con atención, se preguntaba si él iba a hablar de ello.

—Es la señora Helena Rivadeneira —contestó parco—, para ella, soy el culpable de dejar a su hija en el deshonroso estado civil de divorciada —explicó serio, pero con un rastro de sarcasmo en el tono de su voz.

—Así que eres divorciado... eso no tiene nada de malo, son cosas que pasan —argumentó comprensiva.

—Para la señora Helena hasta respirar es pecado. Me odia con toda su alma, como si yo fuera la reencarnación del demonio. —Se encogió de hombros. Manuel se quedó en silencio, no quería hablar de ello todavía, no estaba de ánimo, ni de humor para escarbar en el pasado—. Y a propósito de estados civiles, ¿cuál es el tuyo? —preguntó para cambiar el foco de atención en la conversación—. Te he invitado a salir sin siquiera preguntarte si estás en alguna relación.

—Viuda —respondió escueta. A pesar de cómo sucedieron las cosas, ella de todos modos sentía que era correcto decir que ese era su estado civil.

—Eres demasiado joven para serlo.

—Al igual que tu divorcio... Son cosas que pasan. —Isidora se quedó en silencio, tampoco quería hablar mucho del tema, tal vez otro día, suspiró y sonrió. A Manuel le pareció que ella también tenía un pasado no muy alegre, le dieron ganas de abrazarla, consolarla y decirle que todo estaba bien.

—Bien, continuemos. —Manuel rompió ese inquietante momento. Miró su folleto por la siguiente pregunta—. «¿Qué espera de sus amigos?», señorita Isidora.

—Tengo pocos amigos, muy pocos de hecho, yo solo espero honestidad. Que me digan siempre la verdad aunque sea brutal... —Isidora suspiró y recordó a Jesu, ella siempre era brutalmente honesta, y se alegró de tenerla como amiga—. Te toca contestar. —Buscó la interrogante que le correspondía a Manuel responder—. ¿Tu principal defecto?

En ese momento volvió la mesera con el pedido, ya no estaba tan coqueta como antes, solo sirvió con eficiencia a cada uno de los comensales, y se marchó.

Manuel en silencio comenzó a pensar en su respuesta, mientras ambos probaban la sopa de mariscos. Él sabía que tenía defectos, pero nunca se había detenido a pensar en ellos, prefirió no darle muchas vueltas al asunto.

—La verdad no se me ocurre ningún defecto terrible, tal vez soy muy descuidado con las labores domésticas. No porque no sepa —acotó—, pero por ejemplo, prefiero estar jugando con mi sobrina que fregando platos. —Probó otro sorbo de sopa—. Está muy bueno esto.

—Está delicioso, muy buena la recomendación de tu hermano, este restaurant se ha vuelto mi favorito.

Y así continuaron, comiendo, riendo, bromeando y contestando aquellas preguntas que parecían ser tan superficiales pero que, en el fondo, revelaban mucho de la personalidad de cada uno. Con cada respuesta que entregaban, más se relajaban y se daban cuenta de lo parecidos que eran en muchos aspectos, y a la vez, les mostraba lo diferentes que eran para enfrentar algunas situaciones. Parecidos, pero diferentes, y a la vez compatibles, extraña combinación que pocas veces se da en la primera cita.

Isidora descubrió a un hombre maduro, centrado, amante de su familia, de su trabajo, de lo loable que era él, por ser voluntario de bomberos, quienes no reciben nada a cambio por arriesgar el pellejo. Pero, a pesar de todas esas virtudes que eran fáciles de identificar, Isidora sabía que él escondía algo y que tal vez no sería fácil de descubrir, esperaba que algún día Manuel se abriera con ella. Isidora confiaba en su instinto, sabía que le faltaba la pieza grande del rompecabezas para dilucidar quién era en realidad Manuel Rodríguez. Lo único que sabía a ciencia cierta, era que el hombre le fascinaba y le intrigaba en partes iguales.

Manuel por su lado, sentía una profunda conexión con Isidora, era algo que iba más allá de su comprensión, se preguntaba constantemente si ella aún amaba a su difunto marido, y sentía celos de él, era completamente ridícula esa sensación, pero era cierto. Sentía celos de que ese hombre había sido parte importante de la vida de ella antes que él. Era raro sentirse así, con su ex esposa nunca los sintió. Isidora era una mujer hecha y derecha, pero sin duda, Manuel no le compraba toda esa pose de mujer dura, percibía cierta fragilidad en ella cuando la veía a los ojos.

Al terminar de comer, pidieron la cuenta, Isidora comenzó a buscar su billetera para pagar su parte del almuerzo, Manuel se lo impidió.

—Yo invito, yo pago, cuando me invites tú, dejaré que pagues mi parte.

—Pero es que…

—Sin pero que valga, Isi.

Isidora inmediatamente claudicó al escuchar su diminutivo, solo su familia la llamaba así, ni siquiera José Miguel le habló alguna vez de esa manera, él siempre usó su nombre completo. Pero ella no lo sentía extraño saliendo de los labios de Manuel y le gustó.

Salieron del restaurant, caminando uno al lado del otro, él buscó la mano de Isidora. Ansiaba sentir su calor de alguna forma, y cuando la encontró, entrelazó sus dedos con los de ella, quien no hizo nada por deshacerse de aquel cálido contacto, sino que todo lo contrario, lo recibió sin reservas. Había pasado tanto tiempo… tanto, tanto tiempo desde que ella no sentía aquel calorcillo en el alma, y aquel simple gesto la emocionó.

Manuel al tomar su mano hizo estallar en millones de pedazos aquella coraza que encerraba el corazón de ella, y él a su vez, sintió que su vida había tomado rumbo nuevamente, saliendo de aquel limbo que se autoimpuso para no sentir.

Su corazón volvía a latir.

# Capítulo 11

*«Por una mirada, un mundo;*
*por una sonrisa, un cielo;*
*por un beso... yo no sé*
*qué te diera por un beso.»*

**Gustavo Adolfo Béquer**

Caminar de la mano, qué cosa tan cotidiana y sencilla. Quienes hubieran visto aquella escena, solo habrían encontrado a una pareja común y corriente, disfrutando el hermoso y soleado día, sonriendo, gozando de la compañía que se brindaban paseando de la mano. Pero para Isidora y Manuel ese era el primer contacto real de sus almas. Al estar unidos a través de sus manos, ambos estaban abriendo sus corazones. En ese momento, sabían que sus vidas habían cambiado de algún modo u otro. Se podía sentir en el aire que respiraban, en cómo percibían el calor de los rayos del sol, en cómo el viento los acariciaba con su tibio aliento. Era como si la naturaleza se hubiera conjugado con sus sentimientos, para dar un ambiente propicio para aquello que nacía entre ellos.

Estaban en el medio de una pequeña plaza, e Isidora de pronto dejó de caminar. Todo esto se sentía en extremo perfecto para ser real. A lo mejor, estaba imaginando cosas que no eran, y tal vez, él no quería nada serio, y ella estaba percibiendo mal todas sus señales. Había estado demasiado tiempo sola, sin pertenecer realmente a ningún lugar. Estaba harta de no sentir sus raíces, de algo que arraigara su espíritu, ella existía pero no vivía. No deseaba algo pasajero, quería constancia, quería un compañero, deseaba entregarse. Necesitaba amar y ser amada de verdad por un hombre seguro de sí mismo que no temiera a demostrar lo que sentía. Quería un día poder llegar a casa y no encontrar un espacio vacío, aún no abandonaba del todo ese sueño, era lo suficientemente madura para reconocer que eso quería para su vida. Debía salir de la duda de inmediato y saber a cabalidad el terreno que estaba pisando.

Manuel sin soltarle la mano también se detuvo y la miró dubitativo, no podía imaginar lo que ella iba a decir.

—Manuel… Antes de seguir con esto, tengo que confesarte algo —declaró con un poco de inseguridad, se sentía nerviosa y ansiosa.

—Hablas como si tuvieras un cadáver escondido en el refrigerador. —Él sonrió, no tenía que ser un genio para notar la tensión por parte de ella. Manuel quería disipar ese sentimiento que Isidora le transmitía a través de la piel—. Dime, no puede ser peor que eso.

—¡Qué eres ridículo! —Rió—. No, no es eso… yo… —Suspiró profundamente y lo miró a los ojos—. Tú eres la primera persona con la que salgo desde hace más de cinco años, incluso mucho antes de… de enviudar, y yo… Desde que te vi, siempre me has gustado. Es algo que va más allá de tu voz… Es mucho más que eso, es todo lo que viene de ti. —Tragó un poco de saliva, sentía la boca seca—. Todo esto es extraño, y en cierto modo, estos sentimientos son nuevos para mí. Necesito que seas claro y directo con lo que tú quieres de mí. Sé honesto, sé brutalmente honesto, por favor, contigo y conmigo. Estoy segura de que esto puede sonar totalmente precipitado. —«E incluso lo entendería si sales corriendo», pensó un poco triste ante esa posibilidad—, pero necesito respuestas.

Por alguna inexplicable razón, a Manuel aquella confesión no le sorprendió del todo. Él también se preguntaba qué era lo que ella quería de él. Por una milésima de segundo imaginó que tal vez, Isidora se quitaría las ganas con él y ya, como todas. Al escuchar la confesión de Isidora, de que ella no había salido con nadie antes que él, supo, con absoluta certeza, que ella era «la mujer». Manuel ya se había resignado a que no la conocería en esta vida, suponiendo que hay otra. Que ella se hubiera atrevido a dar un paso adelante por él, y no con otro antes, eso, lo único que le indicaba, era que Isidora jugaba a ganador. Ella no apostaba solo porque sí, y lo estaba haciendo por él.

Isi era todo o nada, y él se lo iba a dar todo, porque estaba cansado también de dar nada y recibir lo mismo a cambio. Manuel también iba a dar su salto de fe, por ella y solo con ella. Sabía que se arrepentiría el resto de su vida si no tomaba la oportunidad que tenía frente a sus ojos.

—Hey, no te preocupes tanto, Isi... —Manuel inspiró profundo, con mucha emoción contenida. Acarició levemente el rostro de ella—. Mira, yo no he sido ningún santo, lo reconozco. Tengo que ser justo contigo en eso… La verdad, es que desde que me divorcié fui un completo tarambana, y eso fue hasta el día en que te conocí. Tú te apoderaste de mi vida en cuanto entraste en ella y por nada del mundo quiero que salgas... Isi, yo quiero construir algo, no sé por qué, pero sé… estoy seguro de que contigo puedo hacerlo. —Apretó levemente la mano de ella y se perdió en sus ojos felinos—. Siempre, siempre he puesto las reglas desde el principio con las personas con las que he estado, porque sabía de antemano hasta dónde podía llegar con ellas. Pero contigo, esas reglas no me sirven, son inútiles. La única certeza que tengo, es que esto es muy diferente a cualquier cosa que haya

vivido o sentido antes. Esto que te digo, ¿es suficientemente claro, directo y honesto para ti? —dijo él con toda
la convicción que pudo imprimir en su tono de voz. No
quería sonar como cualquier discurso cursi y cliché que
usan algunos hombres para lograr sus objetivos, Manuel
quería que Isidora no dudara de él por ningún motivo,
tenía la sensación de que se estaba jugando el pellejo y
no quería perder por nada del mundo.

Isidora asintió, ella también lo sentía. Ambos estaban en la misma sintonía, y la sensación era indescripti-
ble y abrumadora. Tanto así, que ella pensaba que estaba
soñando y que pronto despertaría sola en su cama fría y
vacía. Necesitaba imperativamente estar segura de todo
y no arriesgar en vano ese corazón que estaba volviendo
a latir. Miró las profundidades grises de aquellos ojos
que la miraban con cierto brillo que nunca antes notó,
que le decían, le gritaban, «quiero lo mismo que tú».

«Y yo también quiero lo mismo que tú», pensó ella
y cerró sus ojos entregándose al momento. Manuel acarició su mejilla y luego sus labios, la sangre le hervía
furiosa por sus venas. Si no la besaba ahora sentía que
iba a morir, su cuerpo y su espíritu lo empujaba a ella.
«Quiero más... mucho más de ti», pensó él, cerrando sus
ojos también. Con ternura atrapó los labios de Isidora en
un beso suave, lento y dedicado para reconocer su piel,
su calor y su sabor.

Qué delicioso instante estaban compartiendo, tan
cálido y lleno de emociones nuevas. Se besaban como si
siempre lo hubieran hecho, como si se tratara de dos almas perdidas que se habían vuelto a encontrar después
de haber atravesado el infierno. Dos almas que volvían a
estar juntas de nuevo para no separarse jamás.

Con el paso de los segundos, aquel beso fue trans-
formándose en algo más profundo, salvaje y primario.
Isidora estaba ansiosa por saborear más de él y ella abrió
la boca para darle la bienvenida a Manuel. Sus lenguas
húmedas y tibias se reconocieron, se tantearon y se

unieron en una especie de ritual ancestral de ardiente delirio. Isidora acarició el corto cabello de él, sentía que el calor le recorría el cuerpo como lava abrasadora. Deseó no estar en esa plaza, quería estar en otro lugar más íntimo, solo ellos dos y unirse a él como nunca lo había hecho en su vida, con locura, con pasión.

Manuel estrechó la cintura de ella sintiendo la urgente necesidad de entrar en ella. No era un mero deseo animal, era algo más trascendente, quería impregnarse de ella, llenarla de él. Tocarla, explorarla y marcar su piel con sus caricias, sentir la total entrega de Isidora. Él siempre estuvo esperando a que ella llegara a su vida, ahora lo sabía.

Sin saber cuánto tiempo había pasado, sus bocas se separaron a duras penas. Sus labios eran los dos polos opuestos de un imán, destinados a atraerse a perpetuidad. Los pulmones de ella y de él clamaban por aire, necesitaban oxigenar la sangre que se había tornado espesa, y así, poder volver a nutrir sus cuerpos y sus almas que resucitaban después de estar tanto tiempo entumecidos a la espera de aquel ser capaz de sacarlos de ese cruel estado de letargo.

Se encontraban completamente agitados, mirándose a los ojos, sin creer el poderoso momento que acababan de vivir. Isidora se tocó los labios, los sentía hinchados y sensibles por el contacto de la boca y la barba a medio crecer de él.

—Eso fue… eso… fue… —Isidora intentaba articular una oración coherente sin mucho éxito. Las palabras se le atascaban en la garganta, había un nudo que les impedía salir.

—Intenso… —Manuel terminó la oración, la besó brevemente y apoyó su frente en la de ella, todavía respirando con dificultad—. ¿Quieres que sea… brutalmente… honesto... contigo, Isi?

—Por favor, Manuel… Di lo que tengas que decir —azuzó impaciente, sentía que en cualquier momento su pecho iba a estallar, pletórico de tantos sentimientos que creyó que estaban muertos.

Manuel pegó su cuerpo al de ella aún más, abriendo su mano en la parte baja de su espalda, para que ella sintiera su dura excitación. Acercó su boca a su oído para que solo ella lo escuchara.

—Si no fuera porque estamos en la mitad de una plaza, rodeados de gente, es la hora que te estaría haciendo el amor en mi cama, de mil formas diferentes —susurró con voz grave, vibrante y profunda. Para Manuel no había otra cosa en el mundo que deseara más que eso, y sabía que ella también lo deseaba con todas sus fuerzas, lo intuía y sentía cómo cada parte del cuerpo de ella se lo rogaba—. ¿Sabes cuánto deseo estar contigo en este momento?, probarte entera y no saciarme jamás de ti...

Isidora tragó saliva con dificultad, lentamente, se mojó los labios con su lengua, y cerró los ojos. El muy infeliz conocía perfectamente el efecto de su voz sobre ella. Las palabras de Manuel cargadas de crudo erotismo la catapultaron a un plano superior de excitación. Isidora sentía como el centro de su ser se licuaba anhelante, deseoso de ser llenado por él millones de veces. Ella nunca tendría suficiente de él. Estaba segura de ello, rápidamente se estaba volviendo adicta a Manuel.

Isidora en sus treinta años de vida jamás había sentido esa hambre, esa urgencia. Necesitaba que ese hombre la poseyera como un animal y al fin la liberara de sus demonios en un éxtasis purificador. Tenía la absoluta certeza de que él y solo él, podría hacerlo. Porque él era «el hombre».

—¿Qué tan lejos estamos de tu cama, Manuel? —preguntó ella, susurrando con algo más que simple lujuria, dando un pequeño mordisco en el lóbulo de la oreja de él—. ¿O estamos más cerca de la mía?

Manuel siseó de deseo con ese tentador contacto, esa mujer lo estaba matando suave y lentamente. Apenas podía hacer un cálculo mental rápido para determinar qué departamento quedaba más cerca, el de ella o el de él.

—Vamos al mío —decidió—. Serás la primera y única mujer en visitarlo. Estamos a cinco minutos caminando, tres si corremos. —Le dio un beso casi violento, tomó la mano de ella y caminaron rápidamente para no perder más tiempo, y deshacerse al fin de sus cadenas que los tenían atados a la tristeza y al pasado.

A veinte metros de distancia, escondido discretamente detrás de un árbol un hombre los vigilaba. Simulando tomar fotografías al azar, capturó varias instantáneas de la pareja. Seleccionó aquellas donde el rostro de ella se veía con más nitidez y las envió por correo electrónico cuyo único texto era...

«El objetivo ha sido localizado en Santiago, espero instrucciones.»

# Capítulo 12

«Cuando dos personas han sido creadas para estar juntas,
acabarán por estarlo. Es su destino.»

**Sara Gruen**

Manuel no quería soltar la mano de Isidora, estaba atado a ella, pero debía hacerlo, era imperativo. Si querían entrar al departamento a consumar su encuentro, él estaba obligado separarse por unos segundos de ella y abrir la puerta. Buscó las llaves en sus bolsillos, las manos le temblaban por la ansiedad. Nunca había sentido ese clamor que rugía desde sus entrañas. Se desconocía a sí mismo, se sentía como una bestia a punto de ser liberada de su claustro.

Isidora estaba nerviosa y desesperada por entrar a ese lugar y desatar el salvaje deseo que la consumía. El calor líquido que emanaba desde su intimidad le estaba calcinando la piel y le recordaba lo vacía que estaba. Deseaba ser llenada a plenitud por él. Solo por él.

En cuanto abrió la puerta, Manuel volvió a tomar la mano de ella, la atrajo hacia su cuerpo con brusquedad y la besó con frenesí. De esa manera violenta entraron, deseándose, acariciándose, devorándose con urgencia, intentando recuperar años de soledad en un minuto. Manuel, cerró la puerta tras de sí y al mismo tiempo exploraba por primera vez el cuerpo de ella. Comenzó lento, siguiendo con sus manos codiciosas, el contorno de los tersos muslos de ella, subiendo la suave tela del vestido rojo. Sintió la satinada textura de la prenda que cubría sus piernas y a medida que sus palmas seguían su camino ascendente, se dio cuenta de que ella estaba usando ligas. Su rigidez tensó aún más con la tentadora idea de penetrarla sin quitarle esa prenda. Sí, eso haría.

Sus dedos treparon delicadamente, un poco más hasta sentir la exquisita piel de ella y continuó con la sensual caricia, dejando un rastro de fuego hasta llegar a sus nalgas. No esperó ni un segundo más y las apretó larga y posesivamente. Ella gimió, el contacto le erizaba la piel. Deseaba más, lo quería todo.

Él se quitó la americana, mientras Isidora, impaciente, le desabotonaba la camisa descubriendo la piel de su amante, suave y totalmente masculina. Besó su cuello, su pecho de musculatura firme y fuerte, e inhaló su inconfundible aroma, a hombre, a limpio, a él. Ella no pudo resistir la tentación de rasguñar levemente los abdominales de Manuel, que se tensaron al sentir el contacto de sus uñas, él emitió un grave ronroneo de ansiedad insatisfecha, contenerse le estaba resultando en extremo doloroso.

—¿Dónde está tu cama, Manuel? —urgió Isidora excitada, respirando con agitación, mientras que intentaba infructuosamente desabrochar la hebilla del cinturón—. Maldita cosa, ¿cómo se abre esto? —preguntó frustrada.

—Déjame ayudarte, preciosa. —Con un movimiento rápido y eficaz, Manuel eliminó el obstáculo—. Vamos. —La tomó en brazos como si pesara menos que una flor y la llevó como una novia en su noche de bodas. Ella se aferró a su cuello y besó su mejilla con ternura, era la primera vez que la cargaban de esa manera, el gesto de Manuel la sobrecogió.

Al entrar a la habitación, él la dejó suavemente en el suelo, a los pies su cama y la admiró. Ella estaba aún vestida, con su cabello revuelto, la piel sonrojada y los labios inflamados, se miraron fijamente por unos instantes intentando leer la mente del otro. Isidora rompió el contacto visual y le dio la espalda a Manuel invitándolo a que le bajara la cremallera de su vestido. Lentamente él la fue abriendo, deleitándose con cada centímetro que recorría, hasta dejar toda la piel expuesta. Deslizó las vaporosas mangas de la prenda por sus hombros y cayó con delicadeza al suelo dejando una poza de seda carmesí a sus pies.

Ambos respiraban agitados, Isidora se dio media vuelta para mostrarse sin vergüenza ante Manuel. Solo vestía zapatos rojos de tacón alto, ligas, y una diminuta tanga roja. La visión era absolutamente erótica y sensual, observarla era un placer lacerante, cada segundo que pasaba era una tortura para los dos.

—No lo soporto más, esto es demasiado. —protestó, Manuel a punto de explotar.

Sin más ceremonias y con vehemencia, se quitó la camisa que ya estaba abierta y todo el resto de su ropa, sin dejar de mirarla fijamente a los ojos. Isidora quedó sin habla al ver el cuerpo totalmente desnudo de él, era perfecto, un hombre en la plenitud de su madurez. Todo en él tenía la medida y forma precisa, no le sobraba ni le faltaba nada. Él era un hombre hermoso, sí, simplemente, era magnífico. Cada terminal nerviosa de ella tembló ante la expectativa, no aguantó más la distancia, se acercó a él y acarició con cariño su cicatriz en el cuello. Sus dedos fueron recorriendo ese recuerdo de dolor físico dejando una estela de calor por su hombro, su pecho, hasta llegar a la cadera, ahí terminaba la extensión irregular de piel impresa por el fuego.

—¿Cómo te la hiciste? —susurró su pregunta surcando con sus dedos su preciosa marca.

—Es el recuerdo de la última vez que vi a mis padres con vida —contestó él con naturalidad, no le incomodaba su pregunta, era lógico que despertara su curiosidad.

—Oh, Manuel, lo siento… no quise…

—Fue hace mucho, ya pasó —interrumpió para que ella no se mortificara, tomó sus dedos y se los besó con delicadeza— No importa, es algo que casi no duele, preciosa... Me gusta que te preocupes por mí… —Esbozó una sonrisa y la besó suave y luego le mordió el labio inferior—. Pero ahora necesito tus exquisitas manos aquí. —Guió las manos de ella, deslizándolas por sobre su cuerpo, bajando y bajando donde más lo ambicionaba.

Sus dedos entrelazados continuaron unidos hasta encontrar el rígido miembro que rogaba por atención. Con cuidado, Isidora lo empuñó con una mano y con la otra acarició sus testículos. Manuel tragó saliva y cerró los ojos, dejó que ella hiciera todo lo que se le antojara con él.

Isidora lo estimuló lánguidamente tomándose su tiempo, quería darle placer, quería descubrirlo. Le encantaba cómo emergían los graves murmullos complacidos desde el fondo de la garganta de Manuel, quien también empezó a acariciar los pechos de ella, tersos y sumamente sensibles. Se llenaba las manos con ellos, los amasaba con avidez, hasta que comenzó a sentir la urgencia por explotar. Él no quería terminar así, deseaba entrar en ella, llegar al éxtasis con ella. Tomó la mano de Isidora para impedir que siguiera con sus atenciones antes de que fuera demasiado tarde.

—No siga, señorita, o no habrá postre. —dijo negando con la cabeza—. Ahora es mi turno. Te comeré entera y después me enterraré muy profundo dentro de ti. —Isidora estaba sin habla, se dio cuenta que le estimulaba de sobremanera escucharle decir lo que le haría. No sonaba grosero, en Manuel se oía diferente, y tentador, al punto de perturbarla de deseo.

Manuel rodeó el elástico de la pequeña tanga con sus pulgares, y deslizó la prenda para quitarla, a la vez que se arrodillaba ante a ella. Isidora levantó un pie y luego el otro para ayudarle a sacarla.

Con paciencia él le quitó los zapatos, y al terminar recorrió con sus manos toda la longitud de sus piernas hasta llegar a su vientre, le rodeó la cintura, aferrándose a ella, y luego, con sus manos abiertas volvió a contornear la figura de ella. No se cansaba de acariciarla, era extraordinaria. Podía percibir en el aire el aroma de su excitación, era adictivo, enloquecedor y único, que lo empujaba a probarla, y tal como lo había anunciado minutos atrás, la iba a devorar.

—Ábrete para mí, Isi. Hazlo, te quiero probar ahora.

Nunca le habían hecho eso a ella, sintió curiosidad mezclada con una punzada de deseo y anticipación. Abrió las piernas, expectante, y Manuel puso en práctica todos sus conocimientos que tenía en el complejo arte de dar placer con la boca. Lamía con dedicación, succionaba saboreando su esencia femenina y mordía hasta hacerle borroso el límite entre la fruición y el dolor.

Isidora jadeaba, gemía, sollozaba ante ese deleite que le fue prohibido por tanto tiempo, Manuel era realmente talentoso usando sus labios y su lengua. A pesar de estar en una posición poco convencional, ella se encontraba rápidamente camino a su ansiado orgasmo, pero era esencial alcanzarlo con él, quería explotar unida a él.

—Manuel… yo… te necesito —suplicó jadeante—. No puedo más.

Él al escuchar su ruego, dio una última lamida, larga y profunda, y se incorporó. Besó apasionadamente a Isidora compartiendo su sabor, y la empujó suavemente a la cama. Ella lo miraba atenta y embelesada mientras él le hizo un gesto para que esperara un momento. Manuel buscó un preservativo en el cajón de su velador, siempre tenía su reserva, era un hombre precavido. Con movimientos pausados y premeditados enfundó su erección y se colocó sobre ella abriendo sus piernas. Buscó la entrada a su feminidad y pacientemente se abrió paso entre sus húmedos pliegues. La penetró con lentitud sintiendo cómo su calor lo envolvía milímetro a milímetro, ella gemía con su deliciosa invasión, lo recibió gozosa, plena. Se sentía dichosa y llena de vida. Cuando Manuel llegó hasta el fondo, se quedó quieto por unos instantes, quería recordar ese momento, contemplar y empaparse de la expresión del rostro de Isidora. Ella era diferente, lo miraba, lo miraba solo a él. Se retiró y volvió a embestir suavemente. Las caderas de ella se movían al compás que él estaba marcando. Manuel sentía como ella se entregaba por completo, lo besaba y le acariciaba todo el cuerpo. Le instaba a ir más rápido para tocar el cielo. Isidora le transmitía que lo deseaba por completo, no solo por su cuerpo o por el placer que le podía dar, ella quería todo de él, todo.

Ambos estaban en plena sincronía, sus besos, el roce de sus cuerpos sudorosos y oscilantes. Juntos recorrieron el camino que los acercaba a aquella ambicionada explosión que los liberaría de toda esa carga que llevaban sobre sus almas. Ese íntimo contacto que se regalaban era más que sexo, era la consagración de sus espíritus anhelantes de amor.

Isidora no soportó más, necesitaba entrar al Nirvana, arrastrar a Manuel con ella y acabar con ese maravilloso suplicio. Comenzó a acelerar el movimiento y la fricción de sus cuerpos para alcanzar su clímax. Él tampoco resistió ese frenético vaivén, con fervor se dejó llevar por ella. Estaban cada vez más cerca, más cerca, ¡más cerca!, y en un instante celestial y esplendoroso, estallaron al mismo tiempo en millones de esquirlas de placer, que los despedazó y los unió a la vez, en un gozo casi doloroso que los arrastró en olas y olas de deleite, con la absoluta compenetración de sus cuerpos y sus deseos.

Manuel jadeante y abatido se derrumbó sobre Isidora, sus fuerzas flaquearon ante ese huracán de sensaciones que acababan de vivir.

Indudablemente, ella lo había marcado. Tal como había pensado antes, Isidora dejó su huella, grabada en lo más profundo de su corazón y en todo su ser como si de un hierro ardiente se tratara. No se sentía capaz de separarse de ella, no quería salir de su cuerpo, quería estar encadenado a aquella mujer que yacía bajo él, por toda la eternidad.

«¿Ella estará sintiendo lo mismo que yo?», pensó él. Para encontrar la respuesta la miró directo a los ojos, esas lagunas verdes y azuladas a la vez, y vio el reflejo de sí mismo, de sus propios sentimientos. Sentía que al fin había encontrado aquello que creía que había perdido para siempre. Su propio espíritu.

—¿Siempre es así contigo, Manuel?, ¿o fue solo mi imaginación? —preguntó incrédula del prodigioso momento que había vivido con él.

—Nunca me había pasado algo parecido a esto, Isi, pero contigo creo que siempre será así. Fue increíble, tú eres increíble. —Besó su frente y perezosamente intentó separarse de ella, pero Isidora se lo impidió.

—No, quédate un ratito más así. Me gusta mucho sentirte de esa manera. Abrázame, por favor —pidió sin pudor.

—Quédate conmigo hasta mañana, así me sentirás muchas veces más —propuso provocador levantando las cejas—. ¿Qué dices?

—Déjame pensarlo… —respondió con picardía, no tenía que pensarlo en realidad, eso era lo que exactamente quería—. Mmmm… ¡ok!, me quedo —aceptó contenta—. Vas a tener que ir a la farmacia antes que anochezca —advirtió ladina.

—¿Por qué? —preguntó curioso y confundido.

—Porque no creo que los condones que tienes en el cajón sean suficientes.

—¿Ah sí?… ¿y cuántas veces pretendes que te haga el amor entre hoy y mañana?

—Mil veces… de mil formas diferentes o más si quieres.

—¡Millones, mujer! Cada vez que te sientes el lunes te acordarás de mí.

—¡Qué eres arrogante! Tú también me recordarás desde tu silla de ruedas.

Ambos rieron, en pocas horas se volvieron amigos, amantes y cómplices, así lo sentían. No lo expresaban con palabras, no era necesario, pero sus cuerpos, sus miradas y gestos lo verbalizaban.

Nunca imaginaron, ni en sus sueños más locos e inverosímiles, que sus corazones iban a volver a latir, haciéndolos sentir, al fin, libres de sus demonios.

«No hagas nada aún, primero intentaremos el diálogo, si no funciona te autorizaré para que prepares todo». El hombre desconocido leyó tres veces la respuesta de su mensaje. No lo podía creer, ella estaba en una posición vulnerable, no tendrían otra oportunidad más perfecta que esa. Sabía que esa decisión era un completo error y les costaría caro, pero no le quedaba más remedio que obedecer… por el momento.

# Capítulo 13

*«Amar no es solamente querer, es sobre todo comprender.»*

**Françoise Sagan**

«Síguela, necesito sus rutinas, dónde trabaja, dónde come, con quién se acuesta, si sale el fin de semana. Todo.

»Necesitamos que seamos invisibles cuando dialoguemos con ella, ninguna cámara de seguridad, sin testigos, nada que nos delate. Debemos estar siempre limpios, hay demasiados ojos sobre nosotros, sobre todo, la prensa.» Decía un nuevo correo del contratista, esto de trabajar para gente importante a veces apestaba, pero pagaban bien los infelices. El sujeto no podía quejarse, hacer el trabajo sucio de los demás le reportaba cuantiosos dividendos.

«Como ordene, señor. Le informaré a diario.» Fue la escueta respuesta. Ahora, solo esperaba que esa mujer no fuera del tipo escurridiza.

Isidora despertó sobresaltada en la mitad de la noche, estaba desorientada. Sintió un leve aroma masculino y conocido, y en pocos segundos pudo organizar sus recuerdos. Se sentó en la cama intentando no perturbar el sueño de él, y miró todo a su alrededor. El lugar estaba en penumbras pero era muy cálido y acogedor. No parecía el dormitorio de un hombre que vivía solo, sino todo lo contrario, parecía el lugar donde perfectamente podría vivir una pareja o una familia.

Manuel se removió y balbuceó su nombre dormido. Ella sonrió, estaba siendo parte del sueño de él. Un calorcillo le inundó el corazón, se sentía bien aquello, como si todo encajara en su vida al fin. Pensó que tal vez no debería sentirse así, apenas conocía a ese hombre, pero a la vez, sentía que lo sabía todo de él. Era una sensación desconocida para ella, y no tenía muy claro cómo actuar; ser cautelosa, o dejarse llevar.

—¿Qué pasa, Isi? — preguntó él de súbito, todavía medio dormido.

—Tuve un mal sueño. No te preocupes, Manu. — Espontáneamente, decidió en ese momento llamarle así. Al corazón de Isidora le gustó que ella tratara a Manuel de esa manera tan familiar. Ella se dejaría llevar.

—¿Muy malo? —interrogó intrigado, aún estaba somnoliento, pero le preocupó que ella tuviera pesadillas. Neceesitaba verla, encendió cálida y tenue luz de la lámpara que estaba sobre la mesa de noche.

—Es el mismo de siempre, solo desperté asustada —respondió con cierta resignación. Estaba habituada.

—Yo estoy aquí, no va a pasar nada. Ven, acuéstate conmigo —invitó.

Isidora se acurrucó en su cálido pecho y lo abrazó. Él besó su cabeza, se había despertado al no sentir el calor del cuerpo de ella.

—¿Siempre tienes mal sueño, Isi?

—A veces pasa, por lo general duermo bien. Pero cuando tengo pesadillas ya no puedo seguir y me desvelo. —Isidora inspiró profundo para llenarse los pulmones del aroma de Manuel, se dio cuenta de que le tranquilizaba inspirar su esencia.

—¿Cómo es la pesadilla que te perturba tanto? —preguntó él, mientras dibujaba círculos con los dedos sobre la espalda de ella.

—Vas a creer que estoy loca si te la cuento.

—Es tarde para eso, yo ya creo que tú estás bien loca…

—¡Oye, pero qué pesado!

—Pero una loca adorable que me encanta. Cuéntame, cómo es tu peor pesadilla.

Isidora se quedó en silencio, estaba en la disyuntiva de contarle o no. Finalmente, determinó que era mejor que él conociera la naturaleza de sus horrorosos sueños, se aferró más al cuerpo de él, para darse coraje, y comenzó a relatar.

—Sueño con José Miguel… Él fue mi esposo durante dos años, y antes de casarnos, fuimos novios durante otros dos. Él se suicidó en frente mío hace cinco años… —Manuel cerró los ojos y contuvo la respiración, intentando ahogar la impotencia que sentía. El dolor le llegó directo al núcleo de su corazón imaginando a Isidora presenciando semejante suceso. Se mantuvo en silencio, estaba completamente pasmado—… A veces, en mis sueños, se repite ese día que murió, pero en vez de morir, él se levanta del suelo con su cabeza hecha pedazos, me agarra del cuello y me grita, «¡Es tu culpa!, ¡eras mi mujer!, ¡me dejaste solo! ¡Me dejaste morir!»… Siempre despierto intentando gritar.

Manuel la abrazó fuerte, estaba conmovido, no sabía qué decirle. Imaginaba que ella tenía un pasado triste, pero nunca se le cruzó por la cabeza algo así. Ahora entendía la actitud inicial de Isidora cuando la conoció. Deseó protegerla de ese horrendo recuerdo y borrarlo de su memoria. Pero, lamentablemente, eso era imposible. Él solo podía darle nuevas experiencias para que sepultaran las viejas, y si se ponía a analizarlo mejor, no era una mala idea. Era genial, de hecho.

—¿Cómo fue tu relación con él?, ¿lo amaste mucho? —preguntó con una punzada de celos y ávido de información. Quería conocer todo de ella, lo bueno, lo malo, lo dulce y lo agraz.

—Fue mi primer gran amor —comenzó a relatar Isidora con nostalgia de los buenos tiempos, antes de que todo se volviera negro—. Antes de él, solo tuve *pololeos* de cabra chica, relaciones intranscendentales en comparación a lo que viví con él. Lo amé mucho, pero ese amor se fue quebrando de a poco y sin darme cuenta... Él se transformó después que nos casamos, se convirtió en un ser manipulador, celoso, me criticaba todo el tiempo, después se arrepentía y me pedía perdón de rodillas. Había días buenos, días malos. —«Días en que ya no podía más», pensó ella—. Yo no notaba en ese momento cómo el amor se moría lentamente... Moría cuando él intentaba cambiar mi forma de ser, cuando dejé de quererme a mí misma, o cuando... —Tragó saliva, tenía un nudo en la garganta que le impedía seguir hablando. Tardó unos segundos en recobrar el control de su voz. Manuel, paciente, esperaba a que ella retomara el hilo de su historia. Isidora suspiró entrecortado y prosiguió—. Él me decía que era tonta, inútil, fea, torpe, gorda... Que estaba seca por no darle hijos, que lo hacía todo mal. Estuve casada dos años y no lo soporté más... —Inspiró profundo, sentía que el aire no era suficiente—... y lo abandoné. Me escondí en Rancagua durante casi un año, para escapar de ese infierno, pero él no quería dejarme ir. De verdad que intenté arreglar las cosas, ¡Dios sabe que lo intenté!... pero, él nunca quiso escucharme, y cuando me encontró, él solo se disparó en la cabeza y yo... y yo...

Ella no fue capaz de continuar, se sintió sobrepasada por su pasado y se rompió en un doloroso sollozo. Era consciente que Manuel debía saber qué clase de mujer era, una que cargaba con una muerte a sus espaldas, una que ella provocó.

Manuel estaba mudo de la impresión. Ahora sí que la entendía a la perfección, y comprendía el porqué ella alejaba a todo el mundo con su mal carácter. Isidora intentaba proteger a los demás de sí misma. En el fondo, ella se adjudicaba toda la culpa de su fracaso matrimonial y la muerte de su marido. Pero si era absurdo, ¡ella no era culpable de nada! Solo fue joven e ingenua, y estuvo enamorada. Isidora, fue una víctima de un agresor psicológico, era violentada constantemente, ella no merecía cargar con ese dolor.

—Isi, ya pasó —susurró intentando consolarla—... Tú no tienes la culpa de nada. —Manuel acariciaba su espalda y le besaba la cabeza, quería calmar esa pena, se sentía un poco torpe, siempre le abrumaban las lágrimas femeninas. Hacía muchos años que no lidiaba con ellas, pero por Isidora, valía la pena hacerle frente.

—Pero yo lo dejé... se mató por mi culpa.

—No, Isi. Él te maltrataba —afirmó con su profunda voz, calma y serena—, solo hiciste lo que muchas mujeres no hacen a tiempo, fuiste muy valiente... Él estaba enfermo, necesitaba ayuda, pero eso no dependía de ti. Él decidió morir, y te usó de excusa para terminar con su propia existencia. Tú no tienes la culpa de nada, preciosa. —La abrazó más fuerte—. Entiéndelo, de nada, tu único pecado fue amarlo... A veces, a pesar de todo nuestro esfuerzo, las cosas, simplemente, no funcionan y no nos queda más que aceptarlo. —Al intentar reconfortar a Isidora con sus palabras, Manuel finalmente comprendió su responsabilidad en su propia historia, fue una revelación. Al fin era libre, completamente libre. Él tampoco era cien por ciento culpable de su matrimonio fallido, ahora lo entendía—. A veces, el amor no es suficiente, debe ser alimentado por los dos, como pareja, como equipo. Si una de las partes rema constantemente para el otro lado, es difícil mantenerlo vivo.

Isidora continuaba sollozando, y escuchaba atentamente a Manuel. Su familia ya le había dicho esas mismas palabras, pero había tanta seguridad en la voz de él, que las sentía más tranquilizadoras y comenzaba a creer de verdad lo que le decía. Él la comprendía. Isidora se encontraba desnuda entre sus brazos, pero no estaba simplemente despojada de su ropa, también se había quitado esa armadura tan pesada que no la dejaba avanzar en paz, y ahora, ese lastre ya no existía. Por fin se podía permitir abrazar a Manuel y todo lo que viniera de él.

—Gracias, Manu —susurró contra su pecho, más sosegada y con el espíritu más liviano—. Gracias por ser tú.

—Estaré a tu lado… todo el tiempo que me permitas estarlo —declaró esperanzado.

Isidora levantó la cabeza para mirarlo, quería ver su expresión, lo que sus ojos decían y las palabras no. Su iris reflejaba seguridad, convicción, en esas profundidades grises solo habitaba la verdad.

—¿Estás seguro de lo que dices?, casi ni me conoces —preguntó un poco escéptica, ¿había escuchado bien lo que Manuel acababa de decir?

—No necesito saber todo de ti, mal que mal, uno nunca termina de conocer a las personas. Con lo que sé de ti es suficiente para mí para empezar. Solo dame tiempo para seguirte conociendo más. —«Aunque sé, que de todas formas ya me tienes para siempre», pensó él.

—No imaginé que tenías esa faceta tan sabia, siempre das la imagen de ser un tiro al aire. Me gusta.

—Yo tampoco sabía que la tenía. Estas sacando lo mejor de mí, detective.

—No puedo entender por qué te divorciaste, tienes muchas cualidades, eres un buen hombre. —Manuel intentó preguntar cuáles eran, pero ella se lo impidió poniendo su índice en su boca para hacerlo callar—. Me reservo el derecho de enumerarlas, no voy a inflar tu ego. Cuéntame, ¿qué fue lo que les pasó?

Él ya no sentía esa reticencia inicial de contar su historia, ahora que todo iba en la dirección correcta, se encontraba capacitado para rememorar sus diez años de matrimonio sin sentir que él fue el causante de todo. Isidora lo miraba expectante, ella le había contado su historia, no le podía negar el derecho a conocer su pasado.

—Me casé hace quince años, era joven y amaba muchísimo a María Gracia. Era muy inocente y tierna. Eso me enamoró. Su familia era estricta y cuando éramos novios ella me pidió no tener relaciones sexuales antes del matrimonio, y yo respeté su opción de esperar. No la toqué, ni la presioné para tener sexo. Estábamos estudiando en la universidad, pero eso no fue impedimento para casarnos. Yo trabajaba desde que era adolescente, y solo deseaba que fuera mi mujer y formar una familia en el futuro. —Manuel se quedó unos segundos en silencio, recordando. Había pasado tanto tiempo ya—. Éramos muy diferentes, yo soy un hombre de pensamiento liberal y práctico, ella era muy creyente, católica, al igual que todo su árbol genealógico. A mí no me suponía ningún problema que en su familia fueran tan conservadores, si al final, a quien amaba era a ella… Imagina cómo estaba yo en la noche de bodas, y como has de suponer, ella era virgen. Tenía que ser muy cuidadoso para su primera vez, lamentablemente, nada resultó como pensábamos. No pudimos consumar nuestro matrimonio ni esa noche, ni durante los siguientes meses. Fuimos a terapia, le diagnosticaron vaginismo.

—¿Vaginismo?, es la primera vez que escucho sobre eso. ¿Me puedes explicar de qué se trata? —Isidora estaba sorprendida, Manuel demostraba con su relato que tenía una voluntad de hierro, y que amó profundamente a su ex mujer. Sintió una irracional ola de celos. Intentó convencerse de que esa mujer que lo marcó estaba en el pasado, probó atenuar la fuerza de sus sentimientos acariciando el pecho de él.

—Básicamente, ella no estaba preparada sicológicamente para el sexo y sus músculos vaginales se cerraban de tal forma que no podía penetrarla. Su mente de manera inconsciente no le permitía relajarse.

—¡Qué tremendo! —«Pobre Manuel…», se lamentó ella, también sintió lastima por María Gracia—… La primera vez es un poco atemorizante para las mujeres, pero no para llegar a ese extremo. ¿Y pudieron solucionarlo?

—En parte, recién después de nuestro primer aniversario pude hacer el amor con ella. Pensé que después de eso todo se normalizaría, pero no fue así. Ella nunca se entregó para disfrutar, de hecho, nunca supo lo que era un orgasmo. Yo era solo un medio para quedar embarazada, ese era el propósito del matrimonio, según la educación que le dio su madre. El sexo era solo para concebir hijos para el servicio de Dios, lo demás era fornicio. Lógicamente, me enteré de eso cuando estábamos en terapia, ahí salió a relucir la hermosa obra de arte que hizo Helena, a la psiquis de María Gracia.

—¿Quién puede pensar así en este siglo?, es casi inverosímil.

—Mi ex suegra querida, piensa de esa manera —expresó irónico—, es una matriarca muy estricta en lo que a valores católicos se refiere. En fin, volvimos a terapia al tercer aniversario, fue un proceso lento y largo que duró como cuatro años, pero no funcionó. Era complicado tener a un terapeuta hablándole por un oído, y a su madre, estropeando todo por el otro. Intenté de todo, incluso traté de convencer a María Gracia que se alejara un tiempo de ella, pero no hubo caso. La señora Helena castró a su hija, y de paso, nuestro matrimonio. Así se fue desvaneciendo y enfriando el amor. Al final éramos dos extraños durmiendo en camas separadas, en dormitorios separados, y nunca pudimos concebir un hijo…

—La voz de Manuel comenzó a perder fuerza, no era una historia feliz—. María Gracia era estéril, no quiso probar ningún tratamiento, porque según ella, eran los designios de Dios. Al final, yo me cansé de perseguir mi sueño de tener una familia. Puede sonar un poco frívolo, pero ya no podía construir una. Si ella se negaba a hacer el amor conmigo y a disfrutar, hacer crecer nuestro amor, ¿qué sentido tenía todo eso? En aquella época se me cruzó por la cabeza adoptar un niño, pero, ¿qué clase de ejemplo le iba a dar a mi hijo? ¿Un hogar sin amor, sin contacto físico?, ni cagando. A pesar de todo, nunca le fui infiel, oportunidades no me faltaron, pero ni siquiera tenía ganas para eso, estaba muriendo en vida. Estaba amargado, no sabía qué era peor, que discutiéramos por todo o ignorarnos por completo. Después de diez años de matrimonio, le tuve que rogar de rodillas a María Gracia para que me diera el divorcio. Al menos en eso no le hizo caso a su madre. Ella también era infeliz, y tampoco me amaba, había dejado de hacerlo hacía muchos años.

Se hizo un silencio breve, Manuel no iba a dar más detalles que no venían al caso, ese era un resumen más o menos objetivo de todo el asunto. Isidora había escuchado con atención. También estaba impresionada por la historia de él. Un hombre apasionado, que amó de verdad, y que sin embargo, y al igual que ella, por más que luchó y aguantó por sacar adelante su relación, no fue suficiente con solo tener amor.

—Ahora entiendo eso de que no has sido un santo los últimos años, se te soltaron las trenzas —comentó medio en broma, medio en serio, pero comprendiendo su manera de actuar. Tal vez el solo se desquitó para probarse a sí mismo que podía entregar placer, que podía hacer que una mujer se entregara sin poner barreras.

—Digamos que fue un largo episodio de adolescencia tardía, pero que, de todos modos, fue necesario vivir para mí.

—¿Fue?, ¿ya no?

—Fue —enfatizó—, le he echado el ojo a alguien, y no quiero arruinarlo. Es una mujer muy especial, demasiado para dejarla escapar así como así. Hace que valga la pena intentarlo de nuevo.

—¿Ah sí?, mira qué interesante lo que me cuentas. Yo también conocí a alguien, un poco exasperante, pero también es muy especial. Me dan ganas de intentarlo de nuevo... —Isidora sonrió coqueta y acercó su boca a solo un centímetro de los labios de él—. Esta es la parte en la que me besas, Manuel —susurró sarcástica y a la vez tentadora.

Él sin titubear tomó su rostro entre sus manos y la besó como si tuviera todo el tiempo del mundo. Ese fin de semana se estaba convirtiendo en el más importante de sus vidas. Rápidamente estaban siendo unidos por un lazo, que con el paso de las horas se hacía más fuerte y estrecho. Habían bajado sus barreras, y por primera vez en muchos años, se entregaron en cuerpo y alma. Empezaron a creer que sí podían intentarlo de nuevo, con la esperanza de que ellos lograrían alcanzar ese sueño que alguna vez tuvieron y les fue arrebatado.

Después de tantos años, estaban viviendo al fin.

# Capítulo 14

«La amistad lo es todo. La amistad vale más que el talento. Vale más que el gobierno. La amistad vale casi tanto como la familia.»

**Mario Puzo**

El día lunes en la mañana, Isidora tenía una sonrisa que nadie podía quitársela de su rostro. El fin de semana que acababa de vivir con Manuel, fue lo más increíble que le había pasado en la vida. No solo hicieron el amor en casi todas las habitaciones y superficies planas del departamento de él, sino que también conversaron, rieron, cocinaron algo rico —él lo intentó, pero se le quemaban hasta las ensaladas, e Isidora de buena gana le enseñó—, y vieron unas películas antiguas del cable. Tenían la sensación de que los dos llevaban mucho tiempo, como si se conocieran de toda la vida. Él no dudaba en molestarla y hacerle bromas para provocarla, y recibía gustoso las respuestas ingeniosas, sarcásticas e inteligentes por parte de ella.

Isidora se sentía cómoda y libre con él, Manuel no la trataba como alguien inferior a él, sino como a un igual.

Manuel sentía la libertad de abrirse con ella y conversar, conectarse con una persona ajena a su sangre,

Isidora era todo eso y más. Ella no se encerraba en silencios eternos.

En el trabajo, sus colegas estaban sorprendidos. No la conocían mucho, pero era la cosa más extraña verla sonreír. Ella casi siempre estaba seria, y rara vez se le veía relajada. No había duda alguna de que ella era brillante y profesional, pero en el plano personal, era hosca. «Parece que anoche recibió su cuota», era el comentario sexista y malintencionado que emitían a sus espaldas algunos de ellos. Esa conjetura en cierto modo no era tan incorrecta, pero lo que todos ignoraban era la trasformación a nivel emocional que estaba viviendo ella. Nunca imaginarían que estaban frente a la verdadera Isidora, una mujer alegre, vivaz, un pelín ácida e irónica, madura, pero siempre dispuesta a jugar.

Así estaba pues, sonriente y ordenando su área de trabajo, botando papeles, organizando los artículos de su escritorio, revisando correspondencia escrita. Como estuvo muchos años trabajando en Valparaíso, le comenzaron a llegar algunas citaciones a juicios orales para que asistiera en calidad de perito o testigo. Era algo habitual tener que ir a Tribunales cada cierto tiempo. Debía estructurar su agenda y solicitar los permisos correspondientes para cumplir con su deber. En una de esas, podría ir a Valparaíso con Manuel y tener unos días de playa, eso extrañaba de aquella ciudad, el relajante sonido del mar. Santiago con suerte tenía cerros y unos riachuelos en Pirque o el Cajón del Maipo, pero nada se le igualaba a la inmensidad del océano Pacífico.

A lo lejos, una voz masculina y familiar la sacó bruscamente de su ensoñación, estaba preguntando por ella a uno de sus colegas. Ella se volteó y al ver quien era sonrió, lo saludó con un gesto cuando hicieron contacto visual. El hombre esbozó una sonrisa, y se dirigió a paso seguro a su puesto de trabajo.

—¿Buen día, detective Apablaza? —preguntó al verla de tan buen talante.

—Es un buen día, don Sandro Larenas —afirmó—. ¿A qué debemos el honor de tan ilustre visita?

—Dos cosas, vine a ejercer un poco de presión sobre unos resultados de unos análisis de drogas que se han demorado mucho y los necesito urgente.

—¿Ah sí? Eso podemos verlo ahora, a lo mejor tienes suerte. Dame el número del caso para averiguar en qué estado se encuentra el resultado.

—BCO-9865.

Isidora buscó con eficiencia el estatus del caso en el sistema computacional de registro de pruebas y análisis.

—Acá dice que está listo. Pobrecito, acabas de dar un paseo en vano —dijo con un tono lastimero que ni ella misma se creía.

—No del todo en vano, dije que venía por dos motivos.

—¿Y cuál sería el otro motivo? —preguntó curiosa.

—Óxido.

—¿Óxido?

—Quiero volver a entrenar karate. Cuando te fuiste se volvió aburrido, y lo dejé. La competencia era mucho más estimulante cuando estabas tú.

—Claro, seguro que yo estoy para el entretenimiento tuyo.

—No te hagas la ofendida, reconoce que soy bueno y que los combates tenían un nivel decente.

—Lo eres, no he dicho lo contrario. Recuerdo que varias veces me pusiste en aprietos. —Isidora rápidamente se animó ante la expectativa de volver a entrenar—. Déjame llamar al gimnasio donde enseña mi maestro para ver cuál es su horario.

Isidora hizo un breve llamado telefónico, pero cargado de recuerdos. Ella entrenaba con el mismo maestro desde que tenía cuatro años, básicamente, él la vio crecer. Era una especie de segundo padre y se alegró mucho de escucharla después de tanto tiempo, y se alegró aún más cuando le comunicó que iba a volver a entrenar.

Ella también estaba contenta, de verdad, quería retomar las clases que dejó por tanto tiempo.

—Listo, el maestro está disponible los lunes, miércoles y viernes, a las siete y media de la tarde. ¿Quieres empezar hoy mismo, para nivelar?

—Hoy sería perfecto.

—Voy a llamar a otra persona que también se ha vuelto perezosa, a ver si se anima.

Isidora marcó otro número de celular, una sonrisa malévola surcaba su rostro.

—¡Hola, Isi! —saludó del otro lado de la línea una voz varonil y jovial.

—¡Hermanito mío de mi corazón!

—No tengo plata.

—No es mi problema tu pobreza extrema, pequeño indigente. Te llamaba para otra cosa.

—Tú no me dices «hermanito mío de mi corazón» porque sí, ¿qué quieres de mí?

—¿Quieres ser *sparring*?, voy a volver a entrenar.

—¿En serio?, ¡pero qué bien!, se había vuelto aburrido entrenar sin ti. De hecho, no voy hace harto tiempo…¿y cuándo empezamos?

—Hoy, a las siete y media.

—¿¡Hoy!?... ¡no me das tregua!, debo estar más tieso que una estatua de yeso. —Pensó durante unos segundos y decidió—. Ok, no hay problema, necesito botar algo de estrés. El ambiente acá en el trabajo está un pelín denso. ¿Vamos donde el maestro Nicolás, cierto?

—Obvio, ¿dónde más?

—¡Súper!, nos vemos a la tarde ahí. Un abrazo, Condorita.

—Un besito, Petardo.

Cortó el llamado con una sonrisa, a Sandro no le pasó inadvertido el sorprendente cambio en el humor de ella. Se veía mucho más relajada y contenta que la última vez que la vio. Le gustó ver que Isidora estaba volviendo a ser la misma que conoció.

—Señor, Larenas. Tenemos una cita. —dijo con un tono coqueto. Tomó un *post-it*, un lápiz y anotó su teléfono y la dirección del gimnasio—. Acá está mi número y el lugar, nos vemos a la tarde.

—¡Excelente! —Marcó el numeró en su móvil y llamó para comprobar—. Ahí te quedó registrado el mío, llámame por cualquier cosa, nos vemos, Apablaza.

—Adiós, cuídate, Larenas.

Definitivamente, en el último tiempo estaban sucediendo cosas buenas en la vida de Isidora, como si los planetas se alinearan para darle la oportunidad de vivir a plenitud su dicha. ¿Qué más podía desear?, en ese preciso instante, solo deseaba escuchar la voz de Manuel aunque solo fueran unos minutos. Ya lo echaba de menos pero, para su gran lamento, debía trabajar. El mundo, ignorante de su terremoto emocional, seguía girando. Envió un mensaje rápido a su amante y prosiguió con su labor.

Manuel estaba trabajando en su oficina ubicada en Providencia, presidiendo la reunión más aburrida y tediosa del planeta. Estaba revisando con su cliente algunos detalles del contrato para realizar un proyecto de nuevos procesos químicos alimentarios, que requerían de su asesoría profesional. Ese era su trabajo, decirle a los demás cómo hacer las cosas para que no hicieran explotar todo, o cómo no envenenar la comida de las personas. Él era su propio jefe de su pequeña, pero rentable empresa de ingeniería, que contaba con gran reputación en el rubro.

Eran las once de la mañana y ya extrañaba a Isidora. Los minutos pasaban lentos como si fueran horas, y las horas eran tan lentas que parecían días.

Gracias a Cronos, dios del tiempo, dos horas después, Manuel logró terminar con ese suplicio laboral. Tomó su celular, el cual estaba en silencio para no interrumpir la reunión, porque a pesar de que era aburridísima, no podía mezclarla con sus asuntos personales. Estaba tratando con clientes importantes y mal que mal, pagaban muy bien.

Revisó y vio un mensaje de ella, rio a carcajadas al leer, «Es lunes, estoy trabajando y me acuerdo de ti cada vez que me siento. Que tengas un lindo día.»

—¡Qué pilla es! —exclamó jocoso mientras contestaba el mensaje.

«Desde mi silla de ruedas me acuerdo de ti también… ¿Qué harás a la tarde, preciosa?», escribió y envió.

Un minuto después llegó la respuesta, «A las siete y media voy al gimnasio a retomar mi entrenamiento, si quieres nos podemos juntar después».

«Te voy a buscar allá, dame la dirección», Manuel tenía tantas ganas de verla de nuevo que no dudó en tomar la primera oportunidad para estar con ella. Era casi una necesidad estar todo el tiempo que pudiera a su lado.

Isidora le envió la dirección, ella también quería verlo, lo más pronto posible. Casi se arrepintió de haberse comprometido con el entrenamiento, pero también tenía ganas de mover el cuerpo y volver a plantearse desafíos.

A las ocho y media de la noche, Manuel se encontraba a las afueras del gimnasio. Había decidido ser práctico e ir en taxi a ese lugar, sospechaba que Isidora no se separaba de su «Pikachu», y no se equivocó. En el estacionamiento del lugar se encontraba el automóvil amarillo que resaltaba entre los aburridos tonos grises y blancos que usaban el resto de las personas a la hora de elegir un medio de transporte propio.

Cuando entró al gimnasio dio una repasada visual por las instalaciones buscando a Isidora. No estaba en las máquinas de ejercicios, ni en las cintas para correr, tampoco en las bicicletas estáticas. Preguntó a la recepcionista del lugar en donde estaba el salón de clases grupales, y esta le dio las indicaciones un poco cohibida ante ese espécimen de hombre tan atractivo.

Cuando entró al salón se encontró con un cuadro que lo sorprendió. Isidora vestida con ropa deportiva y protecciones, dando certeros golpes de patadas y puños a un hombre enorme que realmente se veía en aprietos intentando esquivar el potente ataque de ella. Entre ellos dos estaba un hombre de unos cincuenta y tantos años que estaba arbitrando el combate y otro hombre joven que también estaba oficiando de segundo árbitro y llevaba el marcador. En el lugar estaba lleno de alumnos jóvenes y niños observando con atención la pelea.

—¡*Two points*! —indicó el puntaje al contrincante de Isidora—. ¡*Four points*! —contabilizó para ella. Esperó a que volvieran a estar en guardia y gritó—. ¡*Fight*!

Manuel boquiabierto, se ubicó al lado de dos mujeres que estaban animando a los dos luchadores, una era muy bajita y la otra era muy linda, con muchas curvas, y unos preciosos ojos verdes.

—¡Dale, Isi! —animaba la bajita—. ¡Uy!, casi se comió ese puñetazo.

—¡Sandro, muévete, dale duro, te está dando como bombo en fiesta! —gritaba la otra.

Isidora dio una potente patada en el pecho y el hombre cayó. Todos los que observaban el encuentro exclamaron e hicieron muecas de dolor ajeno.

—¡Oh, por Dios, lo mató! —exclamó la bajita.

—¡Se lo comió vivo! —añadió la curvilínea sorprendida—. Es muy buena, nunca había visto a Sandro tan complicado.

—Recuérdenme no hacer enojar de verdad a la Isi —intervinió Manuel.

Ambas mujeres se voltearon hacia él y lo quedaron mirando. La bajita lo repasó, sorprendida, de arriba abajo, y sonrió, reconociendo en el acto, quien era al escuchar su voz. La otra mujer, solo lo miró coqueta como si estuviera dando su aprobación.

—*¡Two Points!*, *¡five points!*, *¡winner!* —El árbitro levantó la mano de Isidora—. Se te pasó la mano con el último punto —reprendió con una sonrisa—, es más chico que tú. ¡Saluden!, y un abrazo como buenos compañeros. Leo, tú sigues, a prepararse.

El hombre grande se quitó las protecciones, y se las entregó a Leo, quien daba saltos precalentando y daba golpes al aire. Isidora se quitó el cabezal y notó la presencia de Manuel, el rostro se le iluminó y corrió a su encuentro.

—¡Hola, Manu!, ¡viniste! —saludó contenta y lo besó rodeando su cuello con un poco de torpeza, gracias a los guantes de combate—. ¿Llegaste hace mucho?

—Solo vi el último punto, pensé que iba a verte en una clase de zumba o aeróbicos. ¿Así que cinturón negro, señorita?, ahora entiendo por qué es tan «flexible» —concluyó pícaro y cautivador levantando las cejas—, ¿cuándo me iba a contar sobre sus habilidades en artes marciales? —preguntó acariciando la cintura de ella y luego tomando el cinturón de un modo seductor—. Me pongo creativo cuando veo este tipo de cosas.

—¿Ah sí que creativo, eh? Mmmm, interesante. No te conté porque no suelo andar diciendo que soy cinturón negro cuando me presento. A los hombres, por lo general, no les gusta que una mujer sea capaz de patear traseros sin esfuerzo. —Sonrió provocativa—. Además, me gusta dar sorpresas.

—Bueno, ya te habrás dado cuenta que no soy cualquier hombre —afirmó evocando todas las maneras en que se lo demostró el fin de semana—, ¿o necesitas un recordatorio?

—¡Isi, ya *po'h*!, ¡estoy listo!, me voy a hacer viejo igual que tú —apremió el joven que ya estaba equipado desde el centro del salón—. No tengo toda la tarde para esperarte, después me presentas a la víctima.

—¡Voy! —gritó sin dejar de mirar a Manuel—. No lo pesques, es el idiota de mi hermano, se especializa en hinchar pelotas. —Se dio media vuelta y frunció el ceño molesta—. ¡Te cocinaste, Petardo! —Se dirigió al centro del salón y se prepararon para combatir.

—¿De dónde sacaste a ese tipo? —susurró él—. Parece ropero de tres cuerpos, es grandote.

—Por ahí —respondió ella tentando la curiosidad de él—. Te daré los detalles escabrosos si me ganas.

—¡Hecho! —Golpearon sus guantes y se pusieron en posición de combate.

El hombre mayor preparó su cronómetro y dio inicio a la pelea. Fue un combate parejo, Leonardo estaba en mejor estado físico que el contrincante anterior. Era más rápido que Isidora y tenía mejor defensa, pero ella tenía más experiencia y los golpes que daba eran más precisos y contundentes.

—¡*Stop*!, ¡*four points*! —dio el punto a él—. ¡*Four points*! —indicó el puntaje de ella—. Último punto, ¡*Fight*!

Leonardo lanzó un puñetazo a la cabeza, Isidora esquivó dando un paso hacia atrás. El volvió a la carga con una patada al pecho, pero Isidora fue más veloz y detuvo el golpe con sus antebrazos, y al mismo tiempo, dio otros dos pasos hacia atrás, e hizo un rápido movimiento hacia la derecha. Leonardo perdió el equilibrio y bajó la guardia e Isidora, hábilmente, aprovechó esa brecha, y lanzó un golpe a la cabeza, que, a pesar de la protección, dejó a Leo viendo estrellitas.

—¡*Stop!* ¡*Four Points!*, ¡*five points!*, ¡*winner!* —Levantó nuevamente la mano de Isidora dándole la victoria—. Estuvo cerca, Leo. Tienes que volver a entrenar, te estás perdiendo, fácilmente podrías avanzar a Primer Dan.

—Voy a volver más seguido, *master*, no se preocupe, será más entretenido ahora que la Cóndora está en Santiago —contestó mientras se quitaba el equipamiento.

—Los voy a estar esperando, hay que poner en forma a Sandro, es muy bueno, solo le falta retomar el ritmo —comentó entusiasmado por el retorno de sus antiguos alumnos y el nuevo—. Ya, ¡clase, formen fila!, ¡Juramento!

Isidora se quitó rápidamente las protecciones y formó fila con los demás alumnos de la clase, tomaron postura de saludo y recitaron en voz alta y solemne.

«Vengo hacia ti con las manos vacías. No tengo armas, pero, si soy obligado a defenderme, a defender mis principios o mi honor, si es cuestión de vida o muerte, de derecho o de injusticia, entonces aquí están mis armas: las manos vacías… ¡Kenpo!»

Rompieron fila y rápidamente el salón comenzó a vaciarse. Leonardo, Sandro e Isidora se dirigieron hacia donde estaba Manuel y las otras dos mujeres. La pequeña, recibió a Leonardo con cariño y buscándole algún rasguño en la cara, y la curvilínea le acariciaba el pecho a Sandro con un poco de preocupación. Isidora, entusiasmada besó a Manuel y lo tomó del brazo para hacer las presentaciones.

—Manu, te presento a Leonardo, mi hermano. Ella es Jesu, mi pobre, pobre cuñada y acá está Libertad la esposa de Sandro, que es un colega de otra Brigada.

Manuel iba estrechando las manos de todos a medida que Isidora los presentaba, era un grupo singular, todos parecían estar felices y contentos, se sentía muy a gusto con ellos.

—Así que tú eres el famoso Manuel —observó Jesu—. Te reconocí por la voz, es inconfundible.

—¿Por mi voz?... ahhhh ya entiendo, dicen que se parece a la de alguien famoso —confirmó él divertido.

—Pobrecito, te doy mi pésame —dijo Leo—. No podrás librarte de mi hermana tan fácilmente —aseguró. Él también sabía de qué famoso hablaban—. Elvis es el sueño mojado de la Isi.

—Leo, cállate, ¡pesado! —Isidora le dio un fuerte codazo en las costillas a Leonardo, estaba poniéndose colorada—. Gobiérnate, por favor, o me pondré a contar tus traumas infantiles en frente de todos —amenazó.

—Olvida lo que dije, Manuel. Fue un lapsus mental… me *ahueoné* —dijo Leonardo con voz acongojada y sobándose donde recibió el golpe.

Sandro y Libertad rieron ante ese intercambio verbal, les hacía bien compartir con personas de su edad, agrandar un poco más su círculo de amistades, y qué mejor que aquel grupo, sentían que podían confiar en ellos.

—No se peleen, niños —propuso Libertad conciliadora—, ¿por qué no vamos a comer algo liviano al local que está al frente?

A todos les gustó la idea, no era tan tarde, después de todo. El ambiente era relajado y todos estaban de ánimo para disfrutar de un rato con buena conversación.

Isidora nunca había compartido de esa manera cuando estuvo casada, José Miguel se enfermaba como por arte de magia cuando pretendía salir con amigos, y al final, los perdió a casi todos. Manuel, por su parte, solo asistía a reuniones formales con gente aburrida, *snob* y pacata, en el tiempo que estuvo con María Gracia. Se sentía bien contar con un grupo de amigos, abrirse un poco más. Las cosas cambian, y en ese momento cambiaban para mejor.

En el interior de un auto negro con vidrios polarizados estaba aquel hombre que debía seguir los pasos de Isidora, observaba al grupo de personas que acompañaban a la detective mientras salían del gimnasio.

—¡Maldita sea! ¿Qué acaso nunca está sola esa mujer? —blasfemó cansado de seguirla. No llevaba ni tres días y no establecía ninguna rutina fiable. Todo indicaba que iba a ser difícil encontrar el momento propicio para que su jefe «dialogara» con ella.

La cosa se estaba complicando más de la cuenta, si no encontraba algún patrón establecido tendría que fabricarse el momento y sacar un as bajo la manga. Seguramente a su jefe no le gustará su modo de actuar, pero en el fondo se lo agradecerá. De eso estaba no cabía duda.

# Capítulo 15

*«A veces las cosas que has perdido se pueden encontrar de nuevo en lugares inesperados.»*

**Daniel Handler**

—¿Y si, ¿cuándo te subirás a la Ducati conmigo? —preguntó meloso Manuel acariciando con pereza el vientre de ella, dibujando círculos alrededor de su ombligo con la punta de su dedo índice. Siempre necesitaba tener algún tipo de contacto físico después de hacer el amor.

—El día que suba a una moto, será cuando mi vida penda de un hilo, Manu. Ya sabes que les tengo pavor a esas máquinas del demonio. ¿Cuándo dejarás de insistirme con eso?

—Tal vez nunca, siempre voy a tener la esperanza de convencerte algún día. Es mi fantasía erótica verte sobre mi moto, vestida en ropa de cuero ajustada.

—Lo que quieres es hacerme el amor arriba de tu moto. Eso puedo pensarlo, pero ni creas que lo voy a hacer con el motor andando. Olvídalo.

—Al menos lo intenté. No será la última vez que te lo proponga. Recuerda, paciencia y tenacidad, ese soy yo.

Isidora rio de buena gana, Manuel ya casi ni usaba la motocicleta que tanto adoraba, prácticamente, pasaban juntos todo el tiempo y usaban el automóvil de ella.

Él la iba a buscar al gimnasio después de sus entrenamientos, y luego pasaban a comer algo con el fantástico grupo de amigos que se había formado. Había otras veces que iban directo al departamento de él, o al de ella. Nunca tenían nada planeado, solo dependía de lo que deseaban en el momento.

Había transcurrido un poco menos de un mes desde aquel primer tórrido fin de semana y todavía sentían que habían estado juntos toda la vida. Lejos de debilitarse, su vínculo se fortalecía.

No era solo sexo, o simple química, era algo que iba más allá, para ellos no tenía ninguna explicación lógica. Se podía sentir en el aire, en sus conversaciones, a veces livianas, otras veces trascendentales. Ella siempre le demostraba a él, que era de aquellas personas que se entregaban por completo, pues ¿de qué le servía entregarse a medias? Nunca se tenía la certeza de recibir de la misma medida en que se daba. Pero Isidora prefería intentar de verdad las cosas. Le había costado tanto dar un paso definitivo para dejar atrás su pasado, que sería mezquino de su parte dar migajas. Ella era todo o nada. Ella llegaba siempre hasta el final.

Manuel a su vez, recibía feliz lo que ella le entregaba, él sentía que encajaba a la perfección con Isidora, no necesitaba probar nada con ella, le daba la suficiente seguridad como para estar relajado. Admiraba mucho a su mujer. Sí, para él ella ya era su mujer. No necesitaba andar marcando territorio, ni gritarlo a los cuatro vientos, pues para él, era suficiente que ella supiera que él siempre estaba orgulloso de Isidora, una mujer independiente, inteligente, íntegra. Nadie le tenía que decir a ella cómo actuar o qué pensar y esa autonomía la adoraba. Isidora hizo resucitar a ese hombre que alguna vez fue, uno que se entregaba por completo y sin reservas, pues todo era, en cierto modo, fácil con ella. No tenía que esforzarse para que su relación funcionara, todo fluía con naturalidad entre ellos. Ambos con sus gestos, cariños, conversaciones, y pequeños detalles, alimentaban día a día eso que iba creciendo cada vez más.

El móvil de Manuel vibró rompiendo el tranquilo silencio que los envolvía, en el cual ellos solo se acariciaban sin hablar, compartiendo el calor de sus cuerpos y de sus almas. Miró curioso la pantalla, solo una persona lo llamaba un domingo a las cinco de la tarde, sonrió y contestó.

—Hola, pelafustán —saludó Manuel a José Luis.

—Hola, hermano desaparecido. ¿Cómo estás?

—Súper bien, acá en mi departamento, descansando.

—¿Cuándo la vas a traer? —Su tono de voz sonó más a una orden que a una petición.

—¿A quién? —preguntó haciéndose el loco.

—A mi vecina, tu novia. Hace harto rato pasaste la barrera de las dos semanas. Vengan ahora a tomar once. Hazlo oficial, no seas tonto, no existe otra mujer en este planeta que te soporte como ella. —José Luis no podía evitar darle empujones a su hermano, solo deseaba que fuera feliz y sabía que Isidora era «la mujer».

—¿Es una orden? —espetó burlón—, ni siquiera me has preguntado si tengo algo que hacer. Podría estar comprometido para otra cosa.

—¿Tienes algo que hacer, aparte de hacer cochinadas con ella?

—Pues, hacer más cochinadas con ella —respondió guasón.

—Entonces posterga ese compromiso y trae tu culo para acá. En el fondo le agradecemos a Isidora que monopolice tu tiempo, pero tu sobrina te echa de menos, y apenas te ve la nariz. —José Luis astutamente usó a su propia hija de excusa, pero debía admitir, al menos para sí mismo, que él también echaba de menos a su hermano.

Manuel se sintió culpable, José Luis tenía razón, ya no iba tan seguido como antes, y si lo pensaba mejor, también sentía lo mismo por su sobrina y a su cuñada… Bueno, también extrañaba a su hermano.

—Bien —claudicó—, vamos para allá. En una hora estaremos ahí. ¡Ah!, y nada de rebanadas delgadas de queso para el pan, o si no te las tiro por la cabeza.

—¿Y cuándo te he dado rebanadas delgadas? Eres un hocicón. Nos vemos más rato, mándale un beso de mi parte a Isidora.

—Mándale un beso a mi trasero —replicó un pelín celoso—, nos vemos más rato, *hueón* pesado.

Isidora escuchaba atenta y divertida la conversación de ambos. Para ella era algo increíble, que siendo gemelos idénticos, su cuerpo y sus sentimientos reaccionaban de una manera totalmente diferente cuando se trataba de Manuel, esa era una de las tantas cosas que le indicaban que él era especial y único para ella.

—Isi, hoy nos toca hacer algo de vida social. Mi hermano reclama nuestra presencia y mi sobrina también, y para qué decir, mi cuñada que me adora. No pueden vivir sin mí —aseguró socarrón.

Ella sonrió y asintió con entusiasmo, por supuesto que iban a ir, le caía muy bien José Luis, y deseaba conocer a la familia de Manuel. Se levantaron de la cama y se prepararon para salir para poder llegar a la hora acordada.

Al rato después, se subieron al automóvil de Isidora, Manuel ya se estaba acostumbrando al espacio reducido de la cabina, y de ir siempre de copiloto. Ella era la excepción a la regla, porque era una mujer que conducía muy bien, perfectamente podría ser una profesional.

Cuando no llevaban ni dos cuadras de recorrido, Manuel sorpresivamente hizo que Isidora se detuviera. Ella frenó en el acto, un poco asustada por la repentina solicitud de él.

—Isi, se me olvidó que tengo un regalo para la Andrea, si llego con las manos vacías, no tendré corazón para ver su cara de desilusión. Voy a buscarlo de una carrera al departamento, espérame aquí, voy y vuelvo.

—Dale, yo te espero, no te preocupes. —Lo besó brevemente en los labios, y él salió disparado para no perder tiempo. Ella encendió las luces intermitentes y subió el volumen de la música, sonaba Elvis, para variar—. «*Wise men says, only fools rush in, but I can't help falling in love, with you²*»…—cantaba ella con los ojos cerrados, últimamente le emocionaba mucho esa canción, pues su letra decía con precisión lo que no se atrevía a confesarle directamente a Manuel, que estaba enamorada hasta las patas de él. Se lo diría pronto, se dijo convencida, cada vez le era más difícil no decirle cuánto lo amaba—… «*Shall I stay, would it be a sin, if I can't help, falling in love with you³*»…

Manuel corría con vigor, para no perder ni un minuto más. De pronto, sintió una sensación rara, por un extraño motivo, el miedo recorrió cada terminal nerviosa de su cuerpo. Casi al mismo tiempo, cerca, muy cerca, escuchó un horrible estruendo de metal y vidrios quebrados que le hizo detenerse en seco. Temía darse vuelta, no quería, porque su corazón, que intuía lo peor, latía frenético y estaba a punto de atravesar su pecho. Todos sus sentidos se agudizaron, su piel se cubrió de un sudor frío, su cerebro le gritaba, «¡vuelve, vuelve ahora!».

Al girar, vio su peor pesadilla hecha realidad, no podía creer lo que estaba presenciando. Corrió, como si una fuerza sobrenatural lo impulsara a avanzar como loco en dirección al auto de Isidora, que en la parte frontal lateral derecha estaba molida por el impacto de una camioneta enorme. Todo olía a humo, llantas quemadas y hierro caliente. Las personas gritaban clamando por ayuda, desesperadas, curiosas y asustadas.

---

2 *Los sabios dicen, que solo los tontos se apresuran, pero no puedo evitar enamorarme de ti…*
3 *¿Debería esperar?, ¿Sería eso un pecado? Si no puedo evitar enamorarme de ti…*

Manuel no podía gritar, se encontraba absolutamente impotente, había un nudo enorme en su garganta que obstruía todo y no le permitía emitir ningún sonido. Él solo seguía corriendo en dirección al caos, tenía que verla, ella debía vivir, tenía que estar viva. Ahora que la había encontrado… ¡No podía ser!

Con todo el pánico que sentía saliendo de sus entrañas se acercó a los restos del pequeño automóvil chocado, algo de esperanza sintió, al ver que la cabina del piloto estaba casi intacta. El airbag se había accionado, e Isidora… ¡Dios, Isidora!

—¡¡¡¡Isiiiiiiii!!!! —un rugido desgarrado lleno de dolor, angustia y terror, al fin pudo salir directo desde su pecho—. Isi, por favor… abre tus ojos, preciosa —suplicó acariciando suavemente su cara con sus manos temblorosas… Tocó su pecho, ella respiraba, estaba inconsciente, pero todavía estaba viva. Desesperado buscó algún fierro enterrado en el cuerpo de ella, pero nada, solo tenía una herida en la cabeza que sangraba profusamente. Intentó abrir la puerta pero no podía, la maldita estaba torcida y atascada, solo con alguna herramienta podrían abrirla—. Mi amor, abre tus ojos, por favor ábrelos. No puedo sacarte de aquí hasta que lleguen los de rescate y la ambulancia… —Buscó en sus bolsillos su móvil, las manos todavía le temblaban, no podía sostener el maldito aparato por más de medio segundo, sus dedos sudorosos, no facilitaban la tarea tampoco—. ¡¿Alguien llamó una ambulancia?! —gritó mirando a los curiosos que rodeaban el lugar— ¡¡¡¿Alguien llamó una jodida ambulancia?!!! —vociferó sin pudor.

—¡Viene en camino! —le respondió con calma, un hombre desconocido que se acercó al lado de él—. Volveré a llamar —ofreció para intentar apaciguar a Manuel.

—Por favor… —agradeció con un gesto afirmativo a aquel desconocido que volvía a marcar en su móvil el número de urgencias—. Isi, vida… respóndeme, bonita. —Volvía a acariciar su tibio rostro, observaba cada gesto, cualquier cosa que le indicara que estaba bien—. Estoy aquí, no me dejes solo por favor, quédate conmigo… quédate… quédate… —rogaba, intentando con eso, apartar a la muerte que rondaba amenazante. No soportaba la idea de perderla, no ahora. Lágrimas gruesas y desesperadas salieron sin permiso de los ojos de Manuel, estaría perdido sin ella, no volvería a ser el mismo nunca más si ella se iba. Su cuerpo y su alma trémula ya no lo resistía, sus rodillas flaquearon débiles y se incrustaron en el pavimento. —Isi, quédate conmigo te lo suplico… yo… te amo, te amo… te amo… por favor, no me abandones… te amo…

Una pena infinita se coló en su corazón con solo la idea de no volver a ver sus preciosos ojos, escuchar su voz y calmar con tiernos besos su sueño a veces inquieto. Deseaba con toda su alma que ella pudiera escucharle, que supiera cuánto la amaba. Sin vacilar, se prometió a sí mismo que si volvía a ver sus ojos una vez más le diría todos los días, por el resto de su vida «te amo».

Algo se movió en el interior del automóvil, la adrenalina, bruscamente, lo levantó de nuevo, atento. A lo lejos, se escuchaba el sonido de las estridentes sirenas que se hacían presentes, cada vez más cerca, interrumpiendo la tensión el caótico ambiente. Ya faltaba poco, pronto sacarían a Isidora de ese infierno de fierros retorcidos. Necesitaba saber que ella iba a estar bien, que no lo dejaría. Ella era una luchadora, ella era inquebrantable, ella era…

—Manuel… Manu…

# Capítulo 16

*«Y aunque estés así tan radiante, rendida en la niebla, yo no respiro hasta ver tu despertar...»*

**Luis Alberto Spinetta**

Todo era confuso, sentía toda su humanidad entumecida y rígida, también sentía un espantoso dolor punzante en la cabeza. La única sensación reconfortante era ese calor que le rodeaba la mano derecha. No sabía dónde estaba, no podía abrir sus ojos. Se desesperó... Estaba desorientada. En ese instante, solo pensó en una persona.

—Manu... —Intentó mojar sus labios con la lengua, pero su boca estaba completamente seca—. Agua... —pidió con la voz rasposa.

Manuel estaba dormido, al sentir la voz de ella, a lo lejos, dentro de sus sueños, le hizo despertar de *ipso facto*. Isidora le había llamado, ¡estaba despierta al fin! En un nanosegundo olvidó todas esas horas llenas de angustia y pesar y su corazón de hinchó de felicidad. La miró lleno de amor, nunca se había sentido tan aliviado y feliz a la vez. Se sentía vivo de nuevo.

—Acá estoy, mi vida... —Le besó suavemente los nudillos, casi con veneración—. Espera llamaré a la enfermera, no te duermas, por favor. —Tocó nervioso el interruptor para llamar a la profesional—. ¿Cómo te sientes, cariño?, ¿te duele algo?, ¿estás bien?

—Como si me hubiera pasado un tren por encima. Me duele la cabeza… ¿Por qué me hablas con tanta dulzura, Manu?, ¿me morí acaso, y esto es una especie de paraíso? —preguntó aún sin abrir los ojos, la luz tenue que atravesaba sus parpados le parecía molesta.

—No, no lo digas ni en broma. Yo he estado muerto de la angustia los últimos dos días…

En ese instante llegó la enfermera. No dijo nada, se comunicó con Manuel por medio de miradas y gestos. Al ver a Isidora consciente, sonrió aliviada, nunca había visto a un hombre sufrir tanto al lado de un paciente. Con eficiencia salió a buscar agua fresca para que ella bebiera, y de paso avisaría a médico de turno.

—¿Dos días?... Mi mamá…

—Ahora es de madrugada. —Buscó su móvil y vio la hora—. Son las cuatro y media, tu familia ha estado turnándose para estar contigo durante el día. También vino Sandro y Libertad, estuvieron todos los días aquí para verte… yo… no he podido separarme de ti. Ahora los llamo a todos para avisar que despertaste.

—Espera un poco… No recuerdo nada… —Intentó abrir los ojos, empezó de a poco a parpadear— ¿Qué pasó?, siento como si los *Men in Black*, me hubieran borrado la memoria.

La enfermera volvió con una jarra, llenó un vaso con agua fresca y ofreció de beber a Isidora con una pajilla. A medida que el nivel de líquido bajaba rápidamente, ella comenzó a sentirse mejor. Cuando sació su sed al fin, la enfermera se retiró, pero se quedó rondando cerca de la habitación por si acaso. Al encontrarse solos nuevamente, Manuel se aprestó a contarle a Isidora lo sucedido.

—Te chocaron… No tenemos claro qué pasó en realidad, la camioneta era robada, y la persona que manejaba desapareció antes de que alguien pudiera darse

cuenta. Todo fue muy confuso... Tu auto, bueno, será
más fácil comprar otro que intentar repararlo, fue casi
un milagro que no te hubiera dado de lleno, solo destrozó la parte delantera —relató él con pesar, sabía que
Isidora extrañaría su «Pikachu». Manuel tenía un mal
presentimiento, él recordaba perfectamente que no sintió el sonido típico de alguien que intenta frenar, él solo
escuchó el golpe, luego recordó el caos, la angustia, el
dolor en su pecho... A la única persona que le comentó
esa inquietud fue a Sandro, sabía que él, de alguna manera, podría ayudarle.

—Veo que ya despertó nuestra bella durmiente —
declaró el médico de turno, mientras entraba a la habitación, un hombre bonachón de unos sesenta años —.
Su esposo no la ha dejado ni a sol ni a sombra. Ojalá
hubieran maridos así de devotos por sus mujeres todo el
tiempo... —comentó con una afable sonrisa.

«¿Mi esposo?, ¿en qué momento me volví a casar?»,
pensó Isidora confundida y sorprendida, pero en ese
momento no quiso sacar de su error al doctor. Comenzó
a pestañear con más naturalidad, ya se estaba acostumbrando a la luz, sus ojos ya no dolían tanto, Manuel no
le soltaba la mano.

—Perdón, no me he presentado como es debido,
soy el doctor Jorge Anabalón.

—Un gusto, doctor Anabalón —saludó ella aún un
poco aturdida.

—Bien, veamos cómo está, señora Isidora. —El
doctor comenzó a examinarla con tranquilidad, como
si tuviera todo el tiempo del mundo, revisó sus reflejos,
los indicadores de los monitores, la presión sanguínea,
los puntos en su cabeza, todo estaba en orden—. Tuvo
mucha suerte, señora, está casi como si no hubiera pasado nada, el golpe en la cabeza estuvo bastante fuerte,
por eso la mantuvimos sedada y en observación. ¿Siente
mareos, náuseas? —Isidora negó con la cabeza, el doctor
comenzó a anotar datos en la ficha de paciente de Isido-

ra, mientras continuaba hablando—. Están descartados los coágulos en el cerebro y lesiones cervicales. Solo tiene unas contusiones leves en el cuerpo que no son de cuidado. Tendrá dolor de cabeza, lo normal es que vaya disminuyendo, de lo contrario, no dude en llamar a la enfermera. De todos modos, deberá permanecer aquí un par de días más, para realizar otros exámenes de rutina pero nada más si no se complica en ese lapso. —El doctor hojeó la ficha médica buscando una información, y murmuró para sí mismo que no encontraba el dato—. Por cierto, ¿cuándo fue su última regla? Acá dice que su marido no supo responder esa pregunta, cuando usted llegó.

—La verdad no lo recuerdo, tengo ciclos irregulares.

—Entonces, voy a dar prioridad al test de embarazo, antes de seguir administrándole analgésicos más fuertes, que puedan comprometer un bebé en gestación.

—*Okey*... —dijo un poco desconcertada, un embarazo no estaba dentro de sus planes a corto plazo, pero tampoco se iba a echar a morir por ello. La idea no le fue del todo alarmante. En realidad, creía que era muy poco probable un embarazo, había olvidado que tenía un problema de fertilidad, eso la entristeció—... Muchas gracias, doctor.

—No hay de qué, estaré de vuelta en unas horas más... Hasta más rato, don Manuel, señora Isidora.

—Hasta luego, doctor —se despidió Manuel... «¿Y si Isi está embarazada?», pensó. La idea lejos de disgustarle, le emocionó. En tres segundos se imaginó dichoso cargando a una niña igual a Isidora.

El doctor se retiró, dejándolos a solas nuevamente.

—¿Esposo? —preguntó levantando una ceja a Manuel, él sonrió descarado sin ningún sentimiento de culpa. Ella notó que él se veía cansado, con ojeras y su pelo revuelto. Todo en su cara le indicaba que lo estaba pasando fatal, pero sus ojos, ¡oh, sus ojos!, estaban llenos de algo que no supo identificar con exactitud, pero le hacían sentir un cosquilleo cálido que le recorría toda su alma.

—Tuve que mentir —aclaró mientras se rascaba la cabeza—, me dio miedo de que no me dejaran estar contigo si decía que era solo tu novio. Solo quería estar a tu lado.

—¿Y mis papás qué dijeron?

—Bueno, eso fue un episodio incómodo. Tu papá me quería matar, tu mamá también, pensaron que era una especie de psicópata, y ni hablar de la tropa de parientes que tienes, estaban haciendo fila para lincharme. Los únicos que me defendieron fueron Leonardo y la Jesu, ellos los tranquilizaron y les explicaron todo... No les habías hablado de mí a tus padres... eso me sorprendió. —El tono de su voz se fue apagando, estaba un poco dolido por eso.

—No... bueno, lo iba a hacer, eventualmente, estaba buscando el momento adecuado. —Isidora suspiró hondo—. Mi mamá y mi papá no lo pasaron bien con lo de José Miguel, y yo... bueno... Yo solo quería asegurarme antes de contarles a ellos.

—¿Asegurarte de qué?, ¿no confías en lo nuestro?, ¿en mí? —preguntó ansioso mirándole a los ojos.

—No se trata de eso, Manu... es que... —Isidora llenó de aire sus pulmones para encontrar el ímpetu necesario para decir—: Yo te amo... mucho... más de lo prudente... y bueno, yo quería estar segura... yo no sé en realidad si tú...

—Yo también —interrumpió con brusquedad, no era su intención, pero su tono de voz lo traicionó, no quería más explicaciones, ya lo había entendido todo—. Yo también te amo, Isi. Todo este tiempo te he amado, pero no sabía cuánto te amaba, hasta que te vi encerrada e inconsciente en ese auto, te juro que temí lo peor... Si te pasaba algo y te perdía, yo no lo iba a soportar... No hubiera sido capaz de resistir mi vida sin ti... Te amo,

Isi, no imaginas cuánto. —Tomó su cara entre sus manos y al fin pudo sentir sus labios tibios, la húmeda calidez de su boca, devolviendo su beso con ardor, con el mismo amor que él le profesaba. Se amaban, volvían a amar de nuevo después de tanto tiempo, libres del pasado y de sus culpas. Ese amor era algo nuevo para ellos, pues era como una fuerza de la naturaleza, que los unía y los fundía en un solo ser. Lo habían sentido desde el primer día, ahora lo sabían.

—Te amo, Manu —dijo Isidora al terminar ese precioso beso—… Estoy aquí, contigo. Siempre voy a estar a tu lado —prometió con una lágrima rodando por su sonrojada mejilla. Estaba feliz, sabía que esa promesa la podía cumplir. Estaba segura de ello.

—Yo también, siempre… Te amo, preciosa —dijo con una sonrisa radiante que borró el cansancio y la angustia de su rostro—… Ahora sí, voy a llamar a tu familia. Si se enteran de que nos lo llamé apenas abriste los ojos, tu papá me colgará de las pelotas y tu mamá las freirá, y luego las usará para rellenar un muñeco vudú con mi fotografía.

Isidora rio ante ese cuadro tan dramático que le pintaba Manuel.

—Los conociste en un mal momento, Manu. No son tan terribles como te han hecho creer. Si te sirve de consuelo, a diferencia de tu ex suegra, mis viejos no son conservadores, ni siquiera practican alguna religión, son muy liberales… —Isidora recordó aquel perturbador episodio cuando tenía diecinueve años y junto con su hermano descubrieron la caja roja sexual del terror de sus padres. Definitivamente, ellos no lo pasaban nada de mal en la cama. Sacudió su cabeza de esas incómodas memorias—. Si hubiera un campeonato mundial de folladores mis viejos tendrían medalla de oro. Cuando pase todo esto, se soltarán contigo y te adorarán tanto como yo.

—Si tú lo dices, entonces les daré el beneficio de la duda... —dijo no muy convencido, buscando sus nombres en el listado de contactos de su móvil. Seleccionó el nombre de su suegro, sonaba rara esa palabra en su mente, y llamó. Conectó al segundo tono.

—¿Aló?, ¿Manuel?, ¿pasó algo? —preguntó casi sin respirar el padre de Isidora, desesperado por tener respuestas positivas.

—Sí, soy yo. Buenas noches, Alfredo... Isidora está bien, ella ya despertó...

# Capítulo 17

*«La corrupción lleva infinitos disfraces.»*

**Frank Herbert**

Aquel día fue un tranquilo caos, la familia de Isidora, fue a visitarla en pleno para ver que ya se encontraba mejor, todos habían pasado el susto de sus vidas.

Leonardo, su hermano, le juró que nunca más la iba a molestar en su vida, pero Isidora riendo se negó. Sería aburrida su relación si él no fuera un soberano hinchapelotas. Se abrazaron fuerte y se susurraron un «te amo» que les salió del corazón.

Los padres de Isidora estaban muy contentos y aliviados, pero a la vez sentían un cierto recelo hacia Manuel, sobre todo Alfredo. Les costaba confiar al cien por ciento en quien se autodenominó marido de su hija, de buenas a primeras. A pesar de las explicaciones de Isidora, para ellos era difícil asimilar que ella de la noche a la mañana tuviera un hombre a su lado.

También visitaron a Isidora los familiares de Manuel, José Luis y Susana, quienes se lamentaban profundamente por el accidente. Se sentían, de algún modo, culpables por todo lo sucedido. Isidora no opinaba lo mismo, por supuesto, era absurdo adivinar que algo así iba a suceder. Les prometió que pronto iban a reunirse en familia para almorzar o algo por el estilo.

Casi al final del horario de visita, los amigos de ambos, Sandro y Libertad también fueron a verla. Estaban muy contentos por su recuperación, la mujer de Sandro le llevó a escondidas una barra de chocolate con almendras a Isidora, por si le daba ansiedad o por si se ponía cachonda. Para Libertad, el chocolate era el remedio para todos los males del alma y la falta de sexo. Isidora pensó que, sin duda, su amiga era una mujer muy sabia.

Manuel salió con Sandro a la cafetería del hospital para despejarse un rato mientras Libertad conversaba animada con Isidora. Ambos estaban preocupados y en silencio, frente a unas humeantes tazas de café.

—¿Has averiguado algo? —preguntó Manuel rompiendo la quietud del momento.

—Sí, tuve acceso a los informes de carabineros, tengo un conocido ahí que le debía un favor a mi hermano... —Era una ventaja que todo el mundo le debiera favores al hermano de Sandro, pero pocas veces tenía que recurrir a ese recurso—... El asunto es que la camioneta fue reportada como robada quince minutos antes del accidente, y en el pavimento no había marcas de neumáticos que indicaran la intención de frenar.

—¡Lo sabía!, no había sido mi imaginación no escuchar los frenos de la camioneta —dijo revolviéndose el cabello, estaba enojado y frustrado, y a la vez se llenó de temor.

—Mi tesis es que, claramente, el accidente fue intencional. No había huellas digitales en el auto, estaba completamente limpio, en esa intersección de calles no había cámaras de vigilancia. La camioneta, en apariencia, solo fue tomada para chocar el auto de Isidora. Todo es demasiado sospechoso para que sea un simpe accidente.

—¿Pero quién?, ¿por qué?

—Ni idea. Primero sospeché del tipo que acosó a Isidora en Valparaíso.

—¿El que era su superior? —Manuel conocía toda la historia, Isidora lo había puesto al día en una de sus tantas conversaciones. A él le causaba repugnancia tan solo pensar en ese cerdo asqueroso.

—Sí, llamé a Punta Arenas, el tipo aún está ahí. No ha salido de la ciudad desde que lo trasladaron. Por lo menos, él no fue, a menos que haya hecho un encargo...

—Mierda, ¿tú dices que contrató un sicario? —A Manuel se le revolvió el estómago con tan solo considerar esa opción.

—Es una posibilidad, no lo descarto...

—¿Por qué están tan serios? —preguntó de pronto Libertad.

—¿Dejaste sola a Isidora? —urgió Manuel.

—Ehhhhhh... sí —respondió extrañada—. Entró un médico y me pidió que saliera, tenía que examinar a Isidora. Aproveché el momento y vine a comprar un jugo.

Sandro miró fijo a Manuel, no necesitaron decir nada, los dos pensaron lo mismo a la vez, y lo que se les pasó por la mente, no era nada bueno.

—¿Por qué ponen esas caras, sucede algo malo? —preguntó ella inocente.

—Buenas tardes, señorita Apablaza —saludó un hombre con bata blanca, mientras cerraba con pestillo la habitación. Su rostro le indicaba estar cerca de los setenta años, era medio calvo y lo poco que tenía de cabello era más canoso que negro. La expresión facial de él no le daba confianza a ella, más bien, le provocaba rechazo y repugnancia. El instinto de Isidora la puso en alerta, su mente comenzó a trabajar frenéticamente en buscar una salida. Un escalofrío le recorrió toda la espina dorsal. Inspiró profundamente para mantener la calma y la sangre fría.

—Usted no es doctor —especuló—. ¿Qué quiere de mí?

—Veo que a pesar del disfraz no sirvo para ser actor, ¿cierto? —contestó el hombre con calma y seguro de sí mismo, la miraba fijo, directo a los ojos.

—No se haga el simpático y vaya al punto —apremió Isidora mientras aparentaba estar relajada, su representación estaba resultando a la perfección, pero ella seguía alerta.

—No me reconoce... increíble.

—¿Tendría? —preguntó ella intrigada. La cara de aquel hombre le era familiar, pero no sabía dónde lo había visto antes.

—Creo que sí, puesto que hace un año trabajó en un caso que provocó un gran revuelo político, estuvo en los noticieros durante meses. ¿De verdad no lo recuerda? —Al hombre le parecía insólito que ella no lo reconociera, todo el mundo al verlo le rendía pleitesía.

—Para mí, todos los casos son números, tal como los políticos nos ven a nosotros. Si les pongo nombre y apellido, mi labor perdería objetividad —aseguró con convicción—. De todos modos, no veo televisión y me salto la sección de política cuando leo el diario. Así que explíquese, porque no tengo idea de lo que habla.

—Le refrescaré la memoria, señorita. El año pasado, usted estaba a cargo del equipo forense que investigó el caso en el cual mi hijo estuvo involucrado. Un asesinato, según ustedes. Hubo una fiesta en un departamento de un condominio en Viña del Mar, y una de las invitadas falleció accidentalmente en el lugar.

—Ahhhh, ya lo recuerdo, el caso BH-653. —Al escuchar el relato del hombre relacionó los hechos con su código de sistema, en un instante recordó de qué crimen se trataba—. Pobre mujer, su muerte fue sórdida, y nada de accidental. ¿No me diga que su hijo fue quien la ahogó con su pene? No digamos que fue de mucha ayuda que ella después se estuviera ahogando en su propio vómito a causa del «pedazo de carne» que metieron en su garganta —especificó con un rastro de desprecio en el timbre de su voz. La víctima era prostituta, y la fiesta fue una orgía en el amplio y total sentido de la palabra. Intentó ser hiriente, darle los detalles escabrosos—. Si esa mujer no hubiera estado tan drogada con burundanga, probablemente lo habría castrado con sus dientes, y ahora solo tendría un hijo eunuco y no asesino.

—Eso no es cierto, ¡lo que dice es una falsedad! —afirmó con vehemencia el hombre.

—La ciencia no es una falsedad, señor, el mundo de la política, al cual usted pertenece, sí… Las pruebas son concluyentes, el ADN del semen de su hijo estaba en todas partes, en la boca, en la nariz, en la garganta y en el vómito de la señorita. —Isidora ya estaba completamente segura de con quién estaba hablando, un cerdo apernado en su puesto, no sabía cómo mierda los votantes lo seguían eligiendo—… Y ahora que hago memoria, usted es el «honorable». —Hizo el gesto de comillas con los dedos—, senador Goycolea, ya veo porque dijo lo de revuelo político, ¿usted, no iba en la carrera para ser candidato presidencial?, su hijo lo arruinó todo, ¿no?, —manifestó con sarcasmo—. ¿Cuál es el punto de su visita?, ¿por qué está interesado en mí ahora?

—Hubo orden de investigar durante un año, ahora estamos a punto de iniciar la etapa de juicio oral. ¿Acaso no fue llamada para ser testigo y dar su testimonio profesional? —Isidora recordó que había agendado varias citaciones para los diferentes juicios a los que debía asistir dentro de ese mismo mes, entre ellos, el que mencionaba el senador—. Si usted habla con «la verdad». —Goycolea imitó el gesto de ella—, sepultará a mi hijo y mi carrera política no prosperará, ya tengo suficiente con el escándalo de hace un año. Si declaran a mi hijo culpable será el fin de todo. Me ha costado sangre, sudor y lágrimas limpiar mi imagen pública y usted no lo va a arruinar.

—No es mi problema, señor Goycolea —afirmó Isidora con autoridad—. El comportamiento de su hijo, está relacionado con la crianza que usted le brindó. Parece que la empleada doméstica no hizo bien su trabajo. Debió aumentarle el sueldo.

—No sea insolente, señorita... —Ella le estaba colmando la paciencia, esa mujer no tenía respeto por nada ni por nadie—. Dígame, ¿cuál es su precio?

—¿¡Qué!? —preguntó incrédula, y al fin entendía a qué venía toda esa cháchara—. Lamento informarle que mi testimonio no se puede pagar con *Master Card*, «señor honorable». Mi integridad y reputación no tiene precio. Está perdiendo su tiempo, en vez de estar aquí, debería estar con sus abogados intentando que no le den cadena perpetua a su hijo.

—¿Ha sabido algo de sus colegas, señorita?, no se moleste en contestar yo le contaré. —Al senador se le acabaron las cartas de su mano, debía jugarse su comodín. En el fondo, no quería hacer esa jugada, pero esa chiquilla insolente lo obligó con su mala actitud—. Uno está fuera del país, en Tailandia, pero totalmente inubicable, y el otro, falleció hace dos meses en un accidente automovilístico. Averígüelo, le estoy diciendo la verdad —desafió—. Es una verdadera lástima, ¿no? Sería muy fácil matarla, señorita Apablaza —aseveró amenazante—, pero la prensa está sobre el caso ahora, para ellos sería demasiado sospechoso que todos los forenses involucrados directamente en el caso estén... «Inhabilitados». No hay que darles alimento a esos buitres. No nos conviene estar en el ojo del huracán, ¿no cree?

—¿Me está amenazando? —A Isidora cada vez se le dificultaba más mantener la fachada de mujer dura e intransigente, su temple se caía a pedazos, las piernas le temblaban, mentalmente agradecía que no se notara gracias a la manta que las cubría.

—Solo le estoy sugiriendo que colabore, sea un poco «inexacta» con su testimonio, tal vez si se pierde alguna prueba… sobre todo la de ADN, son cosas que pasan, usted sabrá que hacer, ingénieselas. —Se encogió de hombros burlándose de la situación a la cual estaba orillando a la detective—. Ayúdenos a desmoronar este caso. Todo su esfuerzo será recompensado con un jugoso cheque, con varios ceros. No complique su vida, se puede vivir sin integridad y reputación —dijo con una sonrisa maliciosa—. Piénselo… —Se dirigió a la puerta y liberó el pestillo—. Que tenga buenas tardes, señorita. Sea cuidadosa para la próxima, probablemente no tendrá tanta suerte como hace un par de días. —Abrió la puerta y se retiró como si nada.

Apenas el senador Goycolea salió de la habitación, Isidora se derrumbó, agotada por la tensión de la conversación. Una ola de pánico se apoderó de su cuerpo, su corazón latía como mil tambores de guerra sonando a la vez… Nadie le quitaba de la cabeza que había firmado su propia sentencia de muerte. ¿Qué iba a hacer ahora?... ¿Qué. Mierda. Iba. A. Hacer?

—¡Isidora! —Manuel abrió de golpe la puerta, con el pecho agitado y respirando con dificultad buscándola con la mirada. Estaba hecho un energúmeno temiendo lo peor.

Ella se sobresaltó y dio un grito aterrado, sus ojos delataban todos los sentimientos que bullían en su interior intentando salir de alguna forma. Al ver el rostro familiar de Manuel, estalló en un ataque desesperado de llanto que no podía ni quería contener. En su cabeza solo se repetían una y otra vez la preguntas, «¿cómo salgo de esta?, ¿qué hago?». Detrás de Manuel, llegó Sandro igualmente agitado como si hubiera corrido una maratón, y con el rostro lleno de preocupación. No sabían que había pasado en el rato que Isidora estuvo sola, pero nada les quitaba de la cabeza que no había sido nada bueno.

—Isi… —Manuel se acercó a ella y la abrazó para darle consuelo, aliviado que estuviera su mujer sin ningún rasguño— Shhhh… ya pasó… —Podía sentir cómo temblaba el cuerpo de ella, era como una hoja a la merced del viento. Necesitaba tranquilizarla, darle todo lo que ella necesitara, aunque le costara el pellejo—. Isi, tranquila... ya vamos a pensar en algo...

—Manuel, sácame de aquí... —susurró—. ¡Tengo que salir de aquí! —clamó.

—Sandro... —Manuel, lo miró serio y suplicante—. Ayúdame a preparar todo, nos vamos ahora.

—No hay problema, eso no tienes ni que pedírmelo... Pero necesito comprender que sucedió aquí. Tengo que saber a qué nos estamos enfrentando...

En ese momento llegó Libertad, acelerada, preocupada, y sin entender absolutamente nada. Ambos hombres habían salido disparados de la cafetería como alma que lleva el diablo y ella no tenía idea de lo que había sucedido. Al entrar a la habitación vio a Isidora llorando y Manuel consolándola, Sandro, su marido... Nunca creyó que volvería esa expresión en la cara de él, esa expresión de determinación y sangre fría. Algo muy, muy malo estaba sucediendo.

—Explíquenme qué mierda está pasando aquí, y esta vez no quiero que me excluyas, ¿escuchaste, Sandro?

—Eso estoy tratando de averiguar, Lib... y no te excluiré... Isidora, necesito que nos cuentes todo...

# Capítulo 18

*«Existe algo tan inevitable como la muerte: la vida.»*

**Charles Chaplin**

«Elimínala, esa mujer nunca va a ceder. Hazlo esta noche, que parezca un suicidio. Va a pagar caro por su insolencia». Esas fueron las escuetas palabras del senador para sentenciar de muerte a Isidora, autorizando de esta forma, a su subordinado para que procediera. Apenas recibió el correo, el hombre al instante respondió: «Mensaje recibido, le informaré cuando esté hecho».

Aquel asesino a sueldo estuvo esperando a las afueras del recinto hospitalario vigilando quién entraba y salía.Fumaba cigarrillos mentolados para matar el tiempo y la ansiedad. Había reconocido al hermano de Manuel y a su mujer, quienes volvían por segunda vez en el día a visitar a la forense. Maldijo entre dientes cuando los vio llegar. Durante el mes que vigiló a Isidora ese hecho se convirtió en un real fastidio, no había notado que Manuel tenía un gemelo. A lo largo de dos semanas, había pensado que él le ponía los cuernos a Susana con Isidora. Pero su hipótesis dejó de tener sentido, cuando en una ocasión, vio a los hermanos juntos.

Eso significó un problema aún mayor, porque eran muy difíciles de diferenciar, la cicatriz de Manuel era visible solo de cerca, cosa que el pobre tipo desconocía, así que todo era muy confuso para él.

Una hora después, vio que José Luis salía con su esposa, tomados de la mano y tomaron un taxi. A los quince minutos, divisó a Manuel acompañado de Sandro y Libertad, se montaron en el automóvil de la pareja y se fueron quizás dónde.

Eran las ocho de la noche y era hora de actuar, mejor oportunidad no iba a tener. Preparó su arma colocándole el silenciador, una jeringa con un potente narcótico y por supuesto, un espejo de mano que rompería para simular de manera convincente, que Isidora se quitó la vida cortándose las venas. Sería fácil, rápido y limpio, no tan limpio, la sangre iba a estar por todas partes.

Ingresó al hospital disfrazado de enfermero, estaba acostumbrado a pasar desapercibido, todo era cuestión de actitud y confianza. Ya sabía en qué habitación estaba ella y conocía los turnos de las rondas. La logística era su fuerte, y se autodenominaba como un cabrón perfeccionista, por ese mismo motivo fue contratado, tenía un historial impecable, nadie se le había escapado.

Ingresó con sigilo a la habitación de Isidora, el hombre era tan hábil que era capaz de no emitir ningún ruido. Todo estaba a oscuras, retiró el seguro del arma, que hizo un casi inaudible clic. El hombre era un profesional consumado, no respiraba, todo estaba sumido en el más absoluto silencio...

Demasiado silencio...

De súbito se encendió la luz de la habitación, el hombre como acto reflejo dio media vuelta y apuntó. Era una enfermera que ahogaba un grito sorprendida y a punto de entrar en pánico. Sin dejar de amenazar con el arma miró a la cama y...

Vacío. El objetivo no estaba.

Con gélida calma, sus ojos se dirigieron a la enfermera que estaba aguantando el llanto para no provocar al tipo que le estaba apuntando directo a la cabeza con una pistola.

—Cierre la puerta con suavidad, ponga pestillo y no hable... —La mujer asustada obedeció al pie de la letra—. Contesta —dijo él con voz fría—, ¿dónde está la mujer que estaba aquí desde hace dos días?

—No lo sé... —respondió sollozando—. Le juro que no tengo idea... no me mate, señor, por favor, se lo suplico.

—¿Cómo es posible que usted no sepa nada? —preguntó incrédulo. Acercó la pistola hasta tocar la piel de la frente de la mujer y empujó su cabeza con ella.

—No sé a dónde se fue... —Tragó saliva con mucha dificultad—... Según me informaron no se trasladó a otro hospital, sino que solo pidieron el alta... —aclaró respirando agitada, se estaba hiperventilando—. Firmaron una declaración y se fueron. Eso es todo... le juro que no sé nada más... No me mate, se lo imploro.

—Usted. —La miró con autoridad a los ojos—. Irá a recepción y me traerá la ficha médica de Isidora Apablaza, ¿estamos? Su vida depende de ello. Le juro que si no vuelve en tres minutos, o si intenta hacer algo estúpido, la buscaré y la mataré. ¿Entendió?, ¿sí o no? —ordenó con un acento latino, pero neutral, que la mujer no pudo identificar.

La enfermera con los ojos llenos de lágrimas asintió con la cabeza y susurró un «sí», desesperada. Estaba muerta de miedo, todo su cuerpo temblaba. Se secó los ojos y la cara con el puño de su blanco *sweater* y salió a buscar lo que le pidieron.

—¡Hija de puta! —Exclamó en un rabioso susurro dando un puñetazo a la cama en cuanto se vio sin compañía—. ¡Perra infeliz!, ¡sabía que esto pasaría!, ¡lo sabía! —Se quitó bruscamente la cofia de enfermero y la lanzó al suelo frustrado. Su mente ya estaba trazando las posibilidades, pero era imposible, se encontraba en un maldito punto muerto. La mujer no era estúpida, no volvería a los lugares que frecuentaba. El senador hizo su jugada y no funcionó. Los políticos eran unos cobardes, todos unos hijitos de papá que juegan a los mafiosos. Tendría que ampliar la búsqueda, investigando a sus amigos y a su hermano, el único familiar que le conocía. Aparentemente, esa mujer no se llevaba bien con sus padres, pues no los había visitado en el último mes.

¡Maldita sea! Todo estaba jodidamente complicado.

La enfermera llegó con los papeles que el hombre le había pedido, estaba más serena pero el miedo que sentía era aún mayor, casi estaba en shock. Con sus manos, que no podían dejar de tiritar, le entregó todo lo relacionado con Isidora en ese hospital.

El hombre le regaló una siniestra sonrisa de agradecimiento y dio una repasada rápida a los papeles, solo para asegurarse que estaban a nombre de esa detective.

—Ahora, usted se va a quedar media hora en esta habitación y luego podrá marcharse. Yo en su lugar no le diría nada a nadie. ¿Entendido? —La mujer solo movió su cabeza afirmativamente—. Responda sí o no, ¿entendió las instrucciones? —exigió con dureza.

—S-sí… —respondió con un hilo de voz angustiada.

—Hasta nunca, señorita… espero no volver a saber de usted.

El hombre era asesino a sueldo… pero solo mataba a quienes tenía que matar. No desperdiciaba su talento en personas que solo significaban un estorbo. Él era un camaleón, tenía un rostro ordinario, insípido y olvidable. Su único disfraz era la confianza, la actitud y unos cuantos cambios en el cabello y vello facial.

Salió del hospital, la noche estaba fría, y al respirar, salía vaho por el cambio brusco de temperatura. Entró rápidamente al interior del automóvil que tenía estacionado en su punto de vigilancia. Necesitaba entrar en calor, su adrenalina había bajado a niveles alarmantes y se sentía agotado.

—Veamos, señorita, si vas a volver a un hospital —se dijo a sí mismo mientras revisaba los papeles—. No tomas medicamentos, no eres alérgica a nada. Sana como un roble... —Siguió leyendo—. Soy un tipo increíble, te choqué el auto sin provocarte ni un rasguño, pero debiste haberte cagado de miedo... ¿y esto? —Leyó dos veces ese examen, y sonrió— Interesante...

Tomó su móvil y envió un mensaje a su jefe, el senador Goycolea.

«Desapareció... escapó».

El senador al recibir ese mensaje lanzó iracundo el vaso de whisky que estaba bebiendo, manchando con el líquido el fino piso de roble. Se pasó la mano por su húmeda y fría calva, que estaba comenzando a sudar profusamente.

—¿Sucede algo, cariño? —preguntó preocupada su esposa entrando a la habitación, alertada por el ruido del vaso quebrado.

—No, nada. —Forzó una cálida sonrisa—. Solo se me resbaló de las manos... yo lo limpiaré no te preocupes, querida —explicó—. Ve al dormitorio, yo iré en unos minutos, tengo que resolver algo importantísimo —solicitó amable.

—Está bien, no te demores mucho —aceptó y cerró la puerta con suavidad.

El senador miró los trozos de vidrio regados por el suelo y comenzó a respirar furioso.

—¡Maldita sea!, ¡perra malnacida! —blasfemó. Le había fallado el cálculo, esa mujer no era sobornable como su compañero que estaba barriga al sol en Tailandia. Y ahora, esa desgraciada, estaba fuera de su alcance.

«Búscala, a como dé lugar», escribió de vuelta y envió el mensaje. El juicio se llevaría a cabo en dos semanas. Esa mujer no debía testificar bajo ningún punto de vista. El asunto se había complicado más de la cuenta.

«No será nada fácil, señor, usted permitió que viviera y ahora estamos en esta situación por su causa. Mi tarifa acaba de subir». El senador miraba incrédulo el mensaje, estaba desesperado, necesitaba eliminar a esa mujer y lo haría a cualquier precio.

«Te daré el triple... solo si la eliminas», fue el mensaje que recibió el hombre de parte del senador, esbozó una sonrisa satisfecha. Si tenía que encontrar a alguien que había desaparecido casi por arte de magia, necesitaba recursos para encontrarla, y eso costaba mucho dinero, necesitaba asegurarse de contar ello.

«Transfiera la mitad ahora, de lo contrario, no habrá trato».

El senador sudaba intensamente, era importante retener a ese hombre, porque era el mejor. Valía cada maldito peso. Abrió su *laptop* y digitó la dirección web de su banco en Islas Caimán, esculcó en sus bolsillos su llavero, ahí tenía su dispositivo de claves de transferencias aleatorias y procedió a hacer la transacción.

«Hecho... Si me traicionas lo pagarás muy caro», advirtió el senador al hombre. Con esas palabras amenazantes intentaba recuperar algo de la entereza perdida.

«Señor, con todo respeto, pero yo no soy como sus leales compañeros de partido político, yo tengo ética. Transferencia confirmada. Pronto le estaré informando». Respondió el hombre molesto, era asesino, pero irónicamente, tenía principios.

—Pronto cometerás un error, señorita forense, y yo estaré ahí para terminar con mi trabajo. No es nada personal... Negocios son negocios —justificó irónico a sí mismo. Al final todos caían.

A esa misma hora, Isidora estaba en el departamento donde vivían Sandro y Libertad. Era la primera vez que estaba en ese lugar. Le habría encantado visitarlo por un motivo diferente. Manuel estaba a su lado acariciando su espalda, su toque era tranquilizador, junto a él todo era mejor.

—¿Habrá resultado el engaño? —preguntó Manuel.

—Estoy seguro —respondió Sandro—. Tu hermano y tú son iguales, nadie puede diferenciarlos a simple vista. Quien quiera que esté vigilando a Isidora debió despistarse con nuestra treta. Nadie nos siguió, y tu hermano nos confirmó lo mismo. No vio nada sospechoso a la salida de su edificio

—¿Ahora qué haremos? —consultó Isidora, su estado de ánimo estaba más sereno, pero alerta.

—Nos vamos a Codegua… todos —decretó Libertad—. Es un lugar muy seguro, ¿cierto, Sandro?

—Tienes toda la razón, a Ángel le encantará tenernos de visita —aseguró—. Solo llevaremos lo necesario, Rossana, mi cuñada, tiene la misma contextura tuya, Isidora, así que no será necesario que vayamos a buscar equipaje a tu departamento, no sería sensato… Lo mismo para ti Manuel, mi hermano es solo unos centímetros más bajo que tú, su ropa te servirá.

—Deberemos llevar solo efectivo, los celulares los mantendremos apagados, compraremos uno de prepago, y… —Manuel dejó la oración en el aire, «muchos preservativos», pensó malicioso. Él tenía necesidades después de todo y conociendo a Isidora… también ella tenía las suyas—… compraremos algunas cosas en la farmacia. No sabemos con qué clase de personas estamos enfrentando, y tratándose de Goycolea, prefiero pensar que está desplegando recursos para rastrear lo que sea.

—Tengo que avisarle a mi familia de esto, no pueden ignorar la situación en la que estamos metidos. Será peor si se los oculto —razonó Isidora dando un suspiro, no iba a ser nada de fácil—… Estoy cansada.

—Llamaremos a tus padres cuando compremos el prepago —propuso Sandro—. Lib, cariño, por favor arma el bolso mientras voy sacar dinero del cajero. Nos iremos en cuanto vuelva.

—Vale. —Libertad le guiñó el ojo como respuesta, y le lanzó un beso al aire, para luego desaparecer a su dormitorio para preparar el equipaje.

—Lleva mi tarjeta, saca lo que más puedas, la clave es cero, seis, cero, nueve —solicitó Manuel, Isidora lo miró sorprendida— ¿Qué tiene?, es la fecha de tu cumpleaños, nada más. Así no se me olvida.

Isidora lo abrazó, amaba esos pequeños gestos de él, Manuel siempre se las arreglaba para decirle «te amo» sin decírselo directamente.

—Te amo, Manu —susurró a su oído.

—Yo te amo más que tú… —murmuró con su voz grave y profunda que enloquecía a su mujer— Todo irá bien, Isi, siempre me tendrás a tu lado… Siempre.

# Capítulo 19

*«El hombre se descubre cuando se mide con un obstáculo.»*

**Antoine De Saint-Exupéry**

Codegua es un municipio que se ubica a diecinueve kilómetros al norte de la ciudad de Rancagua y a unos ochenta y ocho de Santiago. Solo tomaba un par de horas de viaje llegar a la parcela de Ángel, hermano de Sandro, un ex detective infiltrado en el bajo mundo del narcotráfico y mafias italianas. Afortunadamente, hace un poco más de un año pudo zafar airoso a tiempo, y se retiró de la PDI antes de que las cosas se pusieran peores. Ahora vivía tranquilo junto a su esposa e hija, en ese lugar apacible y lejos del bullicio de la capital, se mantenían a expensas de unas inversiones que él tenía a nombre de su mujer y que les permitía tener la vida que tenían.

Isidora y los demás llegaron a la parcela a eso de las once de la noche, todos estaban exhaustos física y emocionalmente. El día había estado plagado de eventos que fueron empeorando a medida de que avanzaban las horas. La conversación de Isidora con su familia fue peor de lo que imaginó, sus padres comprendieron todo. Ese no era el problema, el problema era que, para ellos, toda la situación era demasiado terrible y temían por la vida de su hija. Estaban tristes, desconcertados, y a la vez resignados. Tenían que, sí o sí, aceptar el hecho de que su hija iba a estar escondida por un tiempo para evitar lo peor. Su hermano y su cuñada reaccionaron de la misma manera, todos se comprometieron a hacer su vida con normalidad, pero atentos, para no levantar sospechas. Incertidumbre era una palabra que se quedaba chica al lado de lo que sentían todos.

Isidora no estaba del todo bien, su estado todavía era convaleciente. Se sentía en extremo agotada y algo mareada. El viaje, para rematar, le sentó pésimo. Lo único que deseaba era una cama y estar rodeada del calor de Manuel. Necesitaba la paz que solo sentía entre sus brazos.

Ángel y su esposa Rossana los habían estado esperando, preocupados por la repentina visita de Sandro acompañado de su esposa y una pareja de amigos. Se sintieron realmente aliviados cuando notaron el ingreso del auto de Sandro a la propiedad. En la tarde, él solo avisó brevemente de que irían a Codegua, a través de un llamado telefónico desde un número desconocido, y ya con solo ese hecho, sabían que estaba sucediendo algo extraño.

A pesar de ser verano, las noches eran muy frías en ese lugar. Al calor de la chimenea, estaban todos reunidos relatándole a Ángel y Rossana, los hechos ocurridos en los últimos días. El ambiente reinante era de una tensa calma, el silencio de la noche era interrumpido por el chisporroteo constante de la leña seca ardiendo en llamas y las voces apagadas al interior del hogar.

—Ese tipo es, con todo respeto de las damas presentes, un soberano hijo de puta —concluyó Ángel—. Y yo que pensaba que nuestros «honorables», eran más del tipo aficionado para hacer sus chanchullos.

—Por eso estamos acá, Isidora debe declarar en dos semanas… No sabemos cuál es el alcance de la vigilancia que han puesto sobre ella. Solo estamos conjeturando lo peor, para poder tomar la mayor cantidad posible de medidas que la protejan —comentó Sandro, sin soltarle la mano a su mujer, quien tenía su cabeza apoyada en su hombro y llevaba un buen rato bostezando.

—Acá estarán bien, la casa es grande y bueno, es difícil que den con ella. Técnicamente yo no existo —dijo Ángel esbozando una sonrisa. Al dejar la PDI, y para asegurarse de no dejar rastros, se hizo pasar por muerto, ya que en Chile no hay programas de protección a testigos. Su mujer e hija no iban a pagar los platos rotos por su causa.

—Es gracioso cuando cobro favores en tu memoria —ironizó Sandro—. «"El Rucio", era un malandro con ética», así te recuerdan algunos carabineros.

—¿Ah sí?, apuesto que ese es el teniente Rivera —dijo Ángel sonriendo con cierta nostalgia, no podía negar que ese agente de la ley y orden era todo un personaje, y más de alguna vez lo puso en aprietos.

—Ese mismo.

Isidora sin darse cuenta, se había quedado dormida, estaba acurrucada en el regazo de Manuel, y era ajena a toda la conversación que estaban sosteniendo. A pesar de lo grave de la situación, se sentía segura en esa casa. Lo supo en el instante que entró a ese cálido hogar y saludó a aquella pareja, Ángel era muy parecido a Sandro, pero en el cabello tenía regadas algunas canas que plateaban sus sienes, y su mujer, Rossana, una italiana preciosa, que tenía el raro don de imitar a la perfección el acento chileno, exudaba elegancia, fuerza y simpatía. Isidora se sentía agradecida de contar con sus amigos y Manuel en ese difícil momento, y esa tranquilidad que le brindaban, la hizo caer en un profundo sueño en cuanto se apoyó en el cuerpo de su amado.

Manuel no podía dejar de acariciar a Isidora mientras descansaba, sus manos tenían vida propia y se alimentaban de la piel de ella. Sin duda, se sentía como el hombre más afortunado de la tierra al estar con su Isi. Independiente de las circunstancias, le veía el lado positivo a las cosas, iba a estar un par de semanas en un lugar tranquilo junto a la mujer que amaba, y eso era suficiente para él.

—Bien, es tarde, y todos debemos dormir —declaró Ángel—. Alessandro... —Sandro al escuchar el nombre que tanto detestaba puso una cara de pocos amigos y fulminó a su hermano con la mirada, pero no dijo nada—... No hay para qué decir cuál es tu pieza, la que está más alejada de la mía. —Levantó sus cejas ladino—... y ustedes... —Imaginó que sería divertido en poner las parejas en habitaciones contiguas—. Usarán la de invitados. Manuel, mi hermano te guiará.

—Ángel, Rossana, son muy amables. Muchas gracias por todo —agradeció Manuel, mientras tomaba suavemente en brazos a Isidora. El cuerpo de ella estaba laxo, por el profundo sueño, estaba tan cansada que ni siquiera despertó.

—No es nada, es bueno contar con visitas y mi hija disfrutará mucho de sus tíos —señaló Ángel quitándole importancia al asunto.

Sandro acompañado por Libertad, guiaron por la casa a Manuel, quien cargaba a Isidora que descansaba casi en estado de coma. De hecho, le llamaba la atención su estado, por lo general, Isidora tenía el sueño liviano y despertaba hasta con el canto de un gorrión. Libertad les abrió la puerta del dormitorio que Ángel les había asignado y los hizo entrar.

—Las paredes son delgadas —afirmó ella susurrando y aguantando la risa, mientras corría las frazadas de la cama para facilitarle el trabajo a Manuel.

—¿Qué? — Manuel preguntó confuso, mientras colocaba, con extremo cuidado, a Isidora sobre el colchón

—Eso, son delgadas... se escucha todo —aclaró Sandro desde el umbral de la puerta.

—Ahhhhhh... —Manuel captó la indirecta—. Lo tendré en cuenta —dijo con una sonrisa maliciosa.

—Ángel y Rossana tienen oído biónico… y no querrán ser el blanco de sus bromas por la mañana —advirtió Libertad soltando una risita burlona.

—Gracias por dar el aviso… ehhhh… —Manuel era un hombre curioso y no pudo evitar preguntarle a Sandro—. ¿Por qué tu hermano te llamó «Alessandro»?, ¿ese es tu nombre?

—Lo hace solo para probar el límite de mi paciencia —contestó el aludido, estaba harto de que su hermano se aprovechara de cada oportunidad para sacarlo de sus casillas.

—Sandro odia su nombre real, nunca le digas así, si no quieres tener un puño estampado en la cara —advirtió Libertad medio en broma, medio en serio.

—Ok, ese nombre ha sido borrado de mi cerebro —contestó un poco incómodo Manuel. No encontraba tan terrible el verdadero nombre de Sandro, pero sí lo pudo entender, a veces odiaba decir su nombre y apellido juntos, «por lo menos Manuel Rodríguez fue un guerrillero legendario y no un cantante venezolano, sin duda, me llevé la mejor parte», pensó resignado de su suerte—. Buenas noches a los dos, y muchas gracias por todo. Son los mejores, no tendré vida para devolverles el favor que nos han hecho.

—No es nada. Buenas noches —contestó la pareja al unísono, y se dirigieron a su dormitorio, a Manuel no le pasó inadvertido el descarado agarrón que le dio Sandro al trasero de Libertad mientras cerraban la puerta entre las risitas ahogadas de ella.

Manuel sonreía al cerrar la puerta tras de sí, observó a Isidora mientras dormía, le encantaba hacerlo, se veía tan hermosa y en paz. A veces le abrumaba lo que sentía por ella, era un sentimiento tan poderoso, que temía que le iba a explotar el corazón.

Se quitó la ropa de su hermano, percibía en las prendas el aroma familiar y ajeno a la vez, y rememoró su escape, sentía que era un maldito Tom Cruise en una película de «Misión imposible».

—¿Para qué quieres que Susana lleve una muda de ropa extra? —Recordó Manuel la pregunta que le hizo su hermano cuando le pidió ese favor—. No tiene ningún sentido, explícame qué está pasando.

—No preguntes nada y apúrate, acá te contaré. ¡Ah!, y estaciona tu auto lejos del hospital —solicitó él.

José Luis solo demoró veinte minutos en llegar junto a su esposa, e hicieron todo al pie de la letra. Susana llevaba consigo una bolsa con el cambio de ropa, y el auto lo dejaron a tres cuadras del lugar. Al llegar a la habitación de Isidora, rápidamente les explicaron lo sucedido y el plan para salir lo más pronto posible del hospital. Lógicamente, ellos aceptaron su parte en el ardid, sin ningún tipo de reparo. Manuel intercambió su atuendo por el de su hermano, y Susana le dio su ropa a Isidora, para luego, vestir la que llevó de repuesto.

El plan de escape era: primero saldrían del edificio Manuel e Isidora simulando que eran José Luis y Susana, y tomarían un taxi que los dejaría en la intersección de las calles San Francisco con Diez de Julio. En ese lugar esperarían a Sandro y Libertad, quienes eran acompañados por José Luis, que representó el papel de Manuel, cosa fácil para él, pues no era la primera vez que lo hacían. Susana saldría sola por la entrada lateral de emergencias del recinto, y se llevaría el auto para buscar a José Luis que estaría esperándola en esa misma intersección, mientras que los demás se iban al departamento del detective de la BRICO.

De ese modo pudieron despistar a quien fuera que los estuviera vigilando. El plan improvisado funcionó a la perfección, hubiera sido algo sumamente difícil si no hubieran contado con el factor «gemelos».

Manuel sonrió, el tener un clon no solo servía para hacer diabluras cuando eran niños. Esta vez, ese hecho le había salvado la vida a su mujer.

Con cuidado le quitó los zapatos a Isidora, y desabrochó el jeans ajustado que cubría las dulces caderas de ella. Recordó que no llevaba ropa interior en el momento que bajó el cierre, y se le hizo agua la boca.

—Querida, levanta tus caderas para quitarte el pantalón —pidió en un susurro, con la esperanza de que ella lo escuchara en medio de la bruma de sus sueños.

Por fortuna, ella soñaba con él e hizo lo que le pedía. Manuel quitó la prenda con delicadeza para no perturbarla más de la cuenta. En silencio, desabotonó el *sweater* negro, que cubría la camiseta verde que tenía el logo de *Green Arrow*, y le causó gracia ver esa imagen, «Susana es una ñoña, ese personaje de historietas no tiene ni una gracia», pensó mientras quitaba el *sweater*, estirando la manga de la prenda y flexionando las articulaciones del brazo derecho de ella, para luego, repetir esa misma operación con el izquierdo.

Agradeció para sus adentros, el tener una sobrina que era especialista en quedarse dormida en las posiciones más insólitas, ya que ella, indirectamente, le había enseñado la manera de desvestir de un cuerpo dormido.

Satisfecho, observó la maestría de su trabajo, Isidora no había despertado para nada y solo vestía la camiseta. Se sentía como si fuera un sátiro con un inevitable priapismo, espiando a una sensual ninfa durmiente.

Se acostó al lado de ella, quien automáticamente se enredó a su cuerpo desnudo y murmuraba palabras ininteligibles. Besó su frente y luego dio un profundo suspiro. Tenía la sensación de que había olvidado algo, y por más que hacía memoria no podía recordar. Odiaba esa sensación, porque para su mala suerte, siempre resultaba que en realidad, sí había olvidado algo importante.

Infructuosamente, intentó rememorar, pero al final, el sueño y el cansancio lo vencieron. Soñó con verdes praderas iluminadas por un tibio sol de primavera, y unos pequeños dedos juguetones que rodeaban con fuerza, aferrándose, a su meñique.

«¡*Papá!*»...

Fue un sueño maravilloso, uno que no pudo recordar...

# Capítulo 20

*«No hay más uniones legítimas que las que están gobernadas por una verdadera pasión.»*

**Stendhal**

Cuando despertó al día siguiente, Isidora sentía la cabeza embotada de tanto dormir. La noche anterior, ella estaba tan agotada que no supo de su trasero hasta ese mismo momento. Sabía que debía levantarse, despejarse, tomarse una ducha caliente que le ayudara a renovar su mente y su cuerpo, pero no podía. Un brazo fuerte y masculino la rodeaba y se anclaba firmemente a su pecho derecho por debajo de la camiseta. Ella sonrió, Manuel tenía la manía de abrazarla de esa manera, y a ella le encantaba.

En ese instante precioso no quería pensar en lo que había afuera. No quería pensar en el senador, ni en el juicio, ni mucho menos, en quienes estaban al acecho para doblegarla. Sentía que habían pasado siglos desde el día del «accidente» y solo estaban a jueves. Se removió un poco para zafarse del agarre de la mano de él y así poder girarse. Quería acariciarlo, fundirse en él. Desde que estaban juntos, se había vuelto una necesidad sentirlo sumergido en ella. A veces pensaba que se había vuelto una ninfómana, deseaba a su hombre todo el tiempo. Nunca antes se había sentido así, Manuel le empujaba a ser más desinhibida, más salvaje, a ser más… ella. Junto a él no temía a mostrarse tal cual era.

—Quédate quieta, mujer… Está rica la cucharita —reclamó Manuel con voz gruñona y dormida mientras apretaba el pecho de ella.

—¡Au!, ¡bestia! —Isidora se quejó, pues notó una molestia en su seno y recordó tener dolores pasajeros en su vientre los días anteriores al accidente—. Parece que pronto voy a surfear sobre la ola carmesí, ¡qué lata! —rezongó.

—¿Mmm?, ¿la ola qué? —La expresión le causó curiosidad y gracia, ¿a qué se refería ella con eso?, se espabiló para escuchar la explicación de Isidora.

—La ola carmesí… ya sabes, la «Julita María», la «de vez en mes», el «tomate reventado», la regla, la menstruación…

—Ya, ya, ya, ya, ya entendí… fue demasiado gráfico lo del tomate reventado, Isi.

—Estoy poniendo a prueba tu capacidad estomacal. Yo que tú aprovecho el momento, antes de que las cosas ahí abajo se pongan feas.

—Da lo mismo. Yo le encontraré la solución, nada me impedirá hacerte el amor… a menos que seas quisquillosa y me «cortes el agua» durante ese tiempo.

—Aprovecha el momento, Manu… —recalcó—, ¿no entiendes las indirectas, cierto?

—Isi, las indirectas es un idioma que no conozco, así que si deseas algo de mí, me tienes que decir lo que deseas de la forma más directa y gráfica posible, por favor.

Isidora puso los ojos en blanco y pensó, «¡hombres!, no puedes matarlos y no puedes vivir sin ellos… ¡claro! como si fuera tan fácil desear algo y que se cumpla al instante. Si fuera por eso, todos mis deseos que pedí para mi cumpleaños se…». Como si de una epifanía se tratara, a Isidora se le vino a la mente todo lo que deseó el día de su cumpleaños. Sus deseos, cada uno de ellos eran una realidad. No se había dado cuenta de eso hasta ese momento, y aquello la sorprendió. Su jefe que la acosaba estaba bien lejos en el extremo sur del país cagándose de frío al lado de las ovejas, y ella, estaba trabajando tranquila en Santiago, y luego, conoció a Manuel... ¡Oh, su Manuel era todo lo que ella había deseado y más! Su corazón empezó a latir más rápido ante esa revelación, no importaba lo que estuviera sucediendo a su alrededor. Nada realmente importaba de verdad. Ella era feliz.

—Manuel, ¿serías tan amable de conceder mi deseo de que me hagas el amor?, y si es posible, ¿me podrías dar uno o dos orgasmos?

—¡Pero qué mujer más exigente! —Sonrió seductor mientras se cernía sobre ella y le separaba las piernas con las rodillas—. Tus deseos son órdenes para mí... —Le quitó la camiseta para que quedara completamente desnuda y a su merced. No quería que hubiera nada entre ellos, ni siquiera un trozo de tela. Succionó suavemente el pezón derecho de ella y lo dejó duro y sensible—. Pero, tendremos que hacerlo en silencio... —susurró, y luego chupó el otro un poco más fuerte, y después se quedó hipnotizado, observando su obra—. Preciosas tetas, me encantan... —murmuró lascivo, a Isidora le gustaba cuando él no controlaba su vocabulario y se volvía un cavernícola verbal—. Me advirtieron que las paredes son delgadas —musitó con un tono más grave de voz—. En la habitación de al lado están Libertad y Sandro. —Pellizcó levemente sus pezones con sus dedos para hacerla gemir.

—¡Ah! —No alcanzó a reprimir su quejido—. Entiendo —contestó en voz baja arqueando su espalda, ofreciendo su cuerpo a los labios de Manuel.

Él, sin alargar más la tortura, comenzó a pasear su boca por el cuello de ella, su piel era dulce y sensible, y con la lengua iba trazando sensuales escalofríos que le recorrían todo su ser. Esa sensación le fascinaba a Isidora, sentía que se derretía de frío y calor. Manuel siguió su camino de fuego devorando sus pechos con avidez. Los amasó con adoración, enterrando sus manos y su boca en su carne, ahogando sus propios gemidos llenos de gozo. Isidora luchaba contra el impulso de jadear a viva voz, y solo se permitía respirar con dificultad. Todo eso tenía su encanto, estaba expuesta a ser oída por los demás y eso la excitó aún más. Enredó sus dedos en el cabello de Manuel en el momento que él lamió su vientre dibujando círculos en su ombligo. Ella levantó su cadera, gritándole con ese gesto que quería ser llenada en ese instante, pero él se negó con la cabeza, irguiéndose y sonriendo con malicia.

—Te lo tienes que ganar, preciosa —murmuró grave—, ¿por qué no intentas usar esos maravillosos labios que tienes? Quiero ver cómo entro y salgo de tu boca.

Manuel empuñó su miembro, y comenzó a acariciarlo de arriba abajo, lentamente, frente a ella con fingida indolencia, tentándola, incitándola a que tomara las riendas y lo estimulara como él quería. Isidora se relamió los labios y tomó su desafío con afán. Se arrodilló sentándose sobre sus talones colocándose delante de su erección. Con la punta de su lengua, recorrió desde la base toda su sedosa y dura longitud hasta llegar al glande, enorme y expectante. Jugueteó con él, humedeciéndolo, rodeándolo, provocándolo para, finalmente, engullirlo con vehemencia a un ritmo audaz y castigador agarrada con fiereza a su estrecha cadera. Ella quería llevarlo al borde del precipicio, succionaba con fuerza, mientras él se mordía el labio inferior para evitar que su garganta emitiera algún sonido que los delatara. Miraba embelesado cómo Isidora con maestría le brindaba generosa, sus habilidades amatorias.

—Basta… —sollozó él—, o acabaré dentro de tu boca.

Isidora dio una última y tortuosa chupada, satisfecha con los resultados. Ahora tenía a Manuel donde quería. Era tan fácil cambiar de idea, primero quería ser poseída, pero ahora quería poseer.

—Acuéstate. —Isidora estaba ansiosa, ya no soportaba más ese delirio, sus muslos estaban empapados por la necesidad de unirse a él de una vez por todas.

Manuel obedeció sin decir una palabra, le encantaba cuando ella se ponía en plan de amazona dominante, era su oportunidad de dejarse llevar y que ella procurara el placer para ambos. Siempre lo lograba, sus mejores orgasmos eran cuando Isidora estaba arriba.

Ella se montó sobre él con propiedad y gracia, guiando suavemente su rigidez hasta el fondo de su ser. Besó a Manuel ardientemente y empezó a cabalgarlo suave, sin prisa y en silencio. Solo se escuchaba el sonido del roce de sus cuerpos y el apagado resuello de ambos. La cadencia inicial del movimiento de ella fue reemplazada con el paso de los segundos a algo más bestial. Sus caderas ondulaban en una danza erótica que a Manuel lo volvía loco sentir y observar. Su mujer era sensual, e increíblemente sexual cuando se lo proponía. Ella, a veces, era tierna y sumisa, y en otras ocasiones, como esta, era salvaje y bestial. Isidora lo consumía y le extraía hasta la última gota de su esencia, y era dichoso entregándose al placer que ella le arrancaba con cada vaivén. No pasó mucho tiempo más, aceleró aún más el galope para alcanzar el orgasmo tan anhelado para ambos. La fricción del dulce punto donde ellos se unían, era maravillosa, ella contraía cadenciosamente su interior con experticia para enloquecerlo. Manuel tomó sus caderas desesperado, y se enterró contra ella siguiendo su ritmo demencial hasta que, por fin, estallaron al mismo tiempo, en un sublime resplandor que los enceguenció y les hizo perder la cordura, haciéndolos dar un grito que ahogaron con un beso profundo y lleno de amor.

Pasaron unos minutos hasta que pudieron recobrar el sentido, estaban abrazados rodeados de un calor confortable. Para Manuel ese orgasmo había sido devastador y a la vez sobrecogedor. Isidora estaba descansando sobre su pecho, todavía unida a él, a ella siempre le gustaba quedarse un ratito más sintiéndolo en su interior. Estaba abrumada con la intensidad de sus encuentros, se superaban a sí mismos cada vez que hacían el amor. Era una conexión más que física, era algo superior a eso, estaban atados a una fuerza intangible desde el día que se conocieron.

—Perdón, Isi… —rogó Manuel en voz baja—. No te cuidé.

—¿De qué hablas, Manu?, tú siempre me cuidas.

—Olvidé usar preservativo… perdí la cabeza.

—No te preocupes por esta vez, ya te dije que aprovecharas el momento. Pronto estaré con el período.

—Isi, no es la primera vez que nos pasa.

—Lo sé, lo sé… no pasará nada… ya sabes que tengo ciclos irregulares... —Se acurrucó un poco más en el pecho de él, buscando calor para sentirse arropada—. No es tan fácil que yo quede embarazada —confesó con un poco de temor. Conocía a Manuel, a él le ilusionaba tener una familia, pero no le importaba de donde salieran los hijos. Sin embargo, el miedo igual la rondaba.

—Pero ¿puedes o no puedes? —preguntó él con tranquilidad.

—Puedo, pero no será tan fácil… Hace diez años me diagnosticaron ovarios poliquísticos, no ovulo con frecuencia normal. —Inspiró hondo y continuó—. Cuando estuve casada, como consecuencia de ello, desarrollé una resistencia a la insulina, engordé un poco y durante dos años no ovulé. En esa época no me importó tanto, aún no quería tener hijos, pero eso siempre me lo recriminó José Miguel… —recordó con tristeza, él le hizo mucho daño—. Pero ahora… contigo es diferente. Algún día, me gustaría… —No pudo terminar la frase, ya lo había soltado, y solo esperaba que las cosas no cambiaran.

—Ahhh, eso era… No es tan terrible, Isi, no te preocupes —aseveró convencido, él solo deseaba estar con ella sin importar nada más—. Ya le encontraremos solución a ello cuando tú quieras. O sea, por intentos no nos vamos a quedar atrás, en una de esas tenemos suerte y le atinamos. —Sonrió y la miró a los ojos—. Yo te amo a ti, mi vida, engendremos hijos o no… eso lo arreglaremos en el camino. —Besó su cabeza con ternura y la abrazó con más fuerza—. Todo tiene solución, ya sabes, paciencia y tenacidad, ese soy yo.

—Te amo, mi paciente y tenaz Manuel.

—Yo también, mi enojona y mal genio Isidora.

Se quedaron unos minutos en silencio, y de pronto esa quietud fue interrumpida por unos ruidos rítmicos y sospechosos provenientes de la habitación contigua. Manuel e Isidora se miraron sorprendidos y divertidos.

—Te lo dije, Isi —dijo Manuel aguantando la risa—. Estas paredes son delgadas. Levantémonos, antes de seguir escuchando como follan nuestros amigos. Es demasiado perturbador para mis virginales oídos.

Luego de eso se levantaron rápidamente y salieron de la habitación en silencio para no arruinar el interludio pasional de sus vecinos.

«¿Aún nada?», decía el insistente mensaje del senador, era el tercero del día. «¡Viejo insufrible! No me deja hacer mi trabajo en paz», pensó el hombre harto de la situación. Escribió un mensaje de vuelta para responder: «Nada, señor, la tierra se la tragó. Estoy desplegando todos mis recursos para actuar ante el primer error que cometa.».

—Viejo de mierda impaciente, parece eyaculador precoz de tanto que me apura. —Molesto, rezongó en voz alta—. Solo es cuestión de tiempo. Al final, siempre, siempre, cometen errores... Y ahí estaré para aprovecharlo.

# Capítulo 21

*«Los grandes incendios nacen de las chispas pequeñas.»*

**Cardenal Richelieu**

*I*sidora tomaba el sol matutino sentada en una banca que estaba en el jardín de la casa de Ángel y Rossana. Miraba atenta cómo ellos jugaban con su hija, la pequeña Gloria. Corrían persiguiéndola mientras la chiquitina reía feliz.

A poca distancia, dentro de la casa, podía escuchar a Manuel. Él estaba hablando por celular con un cliente, Isidora lo podía intuir por el tono de voz autoritario que imprimía cuando hablaba su yo profesional. Instantes antes lo vio sentado frente la *laptop* que Ángel le prestó para poder trabajar a distancia. Seguramente, estaba enviando unos correos electrónicos. Sin duda, Manuel era un hombre que podía hacer dos cosas al mismo tiempo.

Habían pasado diez días desde que escaparon de Santiago, y en cuatro días más debería enfilar hacia el norte y dirigirse a Viña del Mar para prestar declaración en el caso Goycolea. Los noticiarios en televisión estaban emitiendo reportajes y dando cobertura al juicio, y los primeros testigos ya estaban dando sus testimonios en el Tribunal.

Días antes, Sandro y Libertad se vieron en la obligación de volver a la capital para no levantar sospechas y retomar sus trabajos para aparentar normalidad, y despistar, en el caso de que los estuvieran vigilando. Además, tenían que sacar una licencia médica falsa para Isidora y así justificar sus faltas en su trabajo. Su accidente, al ser de carácter leve, no le cubría los días necesarios para cumplir el plazo de los catorce que estaría fuera del radar del senador Goycolea.

Isidora se comunicaba a diario a través de *Skype* con su hermano y sus padres. Ellos ya estaban más tranquilos a medida que se acercaba la fecha del juicio. Cada día era un paso que se avanzaba.

Todo estaba en aparente quietud, pero Isidora necesitaba un as bajo la manga, algo que resguardara su seguridad y la de los suyos para cuando acabara esa pesadilla. Estaba totalmente convencida que, en cuanto saliera del estrado de los testigos, el senador intentaría vengarse de ella por hundir a su hijo y su carrera política. Tenía que proteger a su familia, a Manuel y su propia vida, pero ¿cómo?

Las noches anteriores en las conversaciones que tenía con Ángel y su esposa, le revelaron cómo habían evitado una catástrofe de proporciones apocalípticas sobre la vida de Sandro y Libertad. En el caso de ellos, a veces, un simple peón podía dar vuelta el tablero y dejar en jaque toda una estrategia, ya establecida. La destreza de un jugador está en la habilidad de saber modificar su juego sobre la marcha y salir airoso. Los hermanos Larenas resultaron ser excelentes jugadores en el ajedrez de la vida.

Isidora se preguntaba a menudo qué clase de plan idearían Sandro y Ángel en su situación para evitar su propia hecatombe. Ella tenía un par de ideas, pero le faltaba desarrollarlas un poco para poder expresarlas y pedir consejo.

Tenía muchas cosas dando vueltas en su cabeza, literalmente, a veces se mareaba y sentía punzadas en su cabeza. El accidente todavía lo sentía en el cuerpo, apenas desaparecían algunos hematomas que tenía en el torso y sus brazos, y se sentía cansada. Todo eso se lo guardaba para sí misma, no quería preocupar a los demás, ya suficiente hacían con arriesgar el pellejo ocultándola en ese hermoso lugar.

—Desde acá puedo escuchar los engranajes de tu cerebro. ¿En qué piensas, Isi? —preguntó Manuel interrumpiendo sus cavilaciones.

—Sería mentira si te dijera que estaba pensando en nada. —Isidora parpadeó rápido despegando su vista de la pequeña Gloria y suspiró—... Pensaba en qué pasaría después del juicio.

—Mmmm, supongo que esa cabeza tuya no estaba pensando en arcoíris y palomitas blancas volando por los cielos. Algo te preocupa, se te nota en la cara —sentenció sentándose al lado de ella.

—El viejo Goycolea no se quedará de brazos cruzados. Lo sé —expresó en voz alta lo que le carcomía el alma y los sesos, era horrible la sensación de inseguridad e incertidumbre.

—Estaba pensando en lo mismo, hace días que le he estado dando vueltas al asunto.

—¿Qué haremos, Manu?, te he arrastrado a una situación asquerosa, estoy arriesgando la vida de todos. Tal vez debí acceder a sus demandas, tal vez yo…

—No, Isi. No vayas por ahí, te lo prohíbo —exigió suave pero firme—. Tú no eres de esa manera, y punto. Ese infeliz cree que puede comprar todo, pero se equivocó contigo. No me importa qué suceda después, si nos vamos del país o si nos cambiamos el nombre o qué se yo, no me importa nada, siempre y cuando pueda permanecer a tu lado.

—No quiero que nos pase nada… —dijo Isidora con temor, arrimándose al pecho fuerte y protector de Manuel, inhalando su aroma tan propio de él.

—Nada nos va a pasar, te lo aseguro —prometió acariciándole el cabello—. He conversado con Ángel y

Sandro. —Recordó algo que le causó gracia y rio—. Deberían tener una empresa de seguridad y espionaje, se las saben todas ese par. Ya se nos ocurrirá algo, no te preocupes... ¿Quieres ir a dar una vuelta?

—Bueno —accedió—, necesito mover las piernas. —Estiró su cuerpo como si fuera una gatita, y lanzó un quejido que para los oídos de Manuel sonaron a una invitación sensual. Últimamente, para él todo era una invitación por parte de ella... Que casi siempre terminaba con su mujer debajo de su cuerpo, o encima, o de lado...

Isidora se levantó de la silla.

Nada. Todo se volvió oscuro.

—Isi... ¡Isi!... abre tus ojos... ¡háblame!... ¡Ayuda!...

La situación y el olor aséptico del ambiente le eran familiares. Ella no estaba en el jardín de la parcela, estaba de nuevo en un hospital. Isidora creyó haber escuchado a Manuel a lo lejos, por eso despertó. Su voz sonaba desesperada, odiaba hacerlo sufrir por su causa.

Ahí estaba de nuevo esa sensación de mareo. El último recuerdo que tenía en su memoria era haber estado conversando con Manuel. Y luego... no, no podía recordar nada. Isidora ya estaba empezando a detestar tener lagunas mentales. De su garganta emergió un quejido que reflejaba su frustración.

—Ya despertaste, chiquilla —afirmó una afable voz femenina. Isidora miró hacia la persona que le estaba hablando. Una enfermera pelirroja, de contextura media y facciones jóvenes, suaves y femeninas.

—¿Dónde estoy? —preguntó desorientada e inquieta. Agudizando la vista, leyó sobre la identificación de la enfermera—... Señorita Karina.

—¿Cómo supiste mi nombre? —preguntó sorprendida, ningún paciente la trataba por su nombre.

—Está escrito en su uniforme —contestó, recordando la primera vez que vio a Manuel. La enfermera rio de buena gana, había olvidado que la gente sabía leer.

—Estás en el centro de atención primaria de Codegua —informó con una sonrisa, ella era una paciente simpática.

—¿No es un hospital?

—Nooo, mi niña. El hospital está en Rancagua. Te desmayaste, tu marido me dijo que tuviste un accidente automovilístico hace casi quince días...

Isidora frunció el ceño, «otra vez diciendo que es mi marido, se le ha vuelto una costumbre», pensó con ironía. La enfermera comenzó a hacer un par de chequeos de rutina, y el diagnóstico inicial era alentador.

—¿Estás tomando alguna medicación?, ¿analgésicos, antiinflamatorios? —consultó la enfermera, mientras escribía en su hoja de atención.

—Ehhh... no las suspendieron en el hospital, en Santiago, me iban a hacer un examen de sangre para saber si estoy embarazada, pero... tuve que irme antes del alta... motivos familiares. No supe el resultado.

—Mmmmm, bueno, como te decía solo ha sido un desmayo. Tu marido estaba como loco... pobrecito. —Sonrió compasiva al recordar al desesperado Manuel—. Vamos a hacer un test casero para saber de inmediato. Después puedes hacerte el de sangre con tu médico para confirmar. Aunque entre nos, esos tests caseros son infalibles. —«Ya quisiera darle hijos a ese bombón que tienes por marido, niña suertuda», pensó divertida y coqueta la enfermera.

—Ok... —Isidora no sabía qué más decir, se le había olvidado el tema de un posible embarazo, y ahora que lo pensaba, todavía no le llegaba la regla, solo tenía una molestia insistente en su vientre que se hacía notar un par de veces al día. Pero no era la primera vez que le sucedía, en el pasado varias veces pasó por lo mismo y el test solo arrojaba negativo. Casi siempre sentía alivio ante ese resultado, José Miguel la presionaba todo el tiempo para que se realizara una prueba cada vez que sospechaba que ella estaba embarazada.

No era probable un embarazo, ella lo sabía. Pero esta vez, en el fondo de su alma, deseó que fuera positivo. Era absurdo lo que pedía, pero no perdía nada con desearlo.

La enfermera abrió la puerta de un estante metálico y sacó una caja que contenía el envoltorio del test. Lo abrió, y botó a la basura la bolsita de pelotillas que mantenían seco los componentes de la prueba. Luego buscó un vaso de plástico y se lo entregó.

—Haga un poco de pipí en el vasito y saque una muestra con la pipeta y lo vierte aquí…

—Sí… ehhh… ya lo he hecho antes, no se preocupe, ya sé cómo funciona. Muchas gracias, señorita Karina.

—Bueno… Voy a ver a otro paciente, voy y vuelvo —mintió a medias para que tuviera algo de intimidad para realizarse la prueba.

La enfermera se retiró e Isidora procedió a hacer el test. Se levantó de la camilla con algo de dificultad y luego se bajó los pantalones junto con su ropa interior. Se puso en cuclillas, acercó el vasito a la posible trayectoria del chorrito de orina e hizo lo suyo con éxito.

Se arregló la ropa y extrajo una muestra de orina con la pipeta y echó cuatro gotitas en el test.

—99,9% efectivo, una raya es negativo, dos rayas es positivo… si no está segura del resultado repítalo a la semana siguiente… —leyó Isidora en voz alta el instructivo de la caja.

Mientras leía concentrada, el líquido era absorbido por el test.

Una rayita…

—En la base de datos del Fondo Nacional de Salud acaba de registrarse la cédula de identidad de Isidora Apablaza. Pagó en efectivo una atención de urgencia, consultorio de Codegua, hace cinco minutos. El recinto se ubica en la calle O'Higgins, número 376, Codegua, Sexta Región —informaba una voz masculina con tintes de nerviosismo, articulaba en voz baja, como si estuviera escondido en algún rincón para no ser sorprendido.

—Gracias… —decía el hombre, mientras anotaba la dirección del lugar—. Con esta quedamos a mano, si tienes suerte no volveré a llamarte.

—Eso espero. —Y cortó el llamado.

—¿Dónde diablos está la educación de la gente en estos días? —protestó mirando su móvil—. Ni siquiera dijo adiós… —ironizó.

El hombre tomó sus cosas y salió raudo del hotel de mala muerte donde se hospedaba. Por fin la suerte le sonreía, con lo lenta que era la atención en los centros de salud primaria, la primera opción sería encontrarla ahí.

Dos rayitas…

—No puede ser… —susurró Isidora llevándose los dedos a los labios, como si de esa manera estuviera confirmando que esas palabras salían de su boca—. Estoy embarazada… —Sus manos temblaban, todo el cuerpo le tiritaba, la prueba cayó al suelo boca arriba enrostrándole el resultado—. ¡Estoy embarazada! —chilló con voz ahogada, se tocó el vientre plano sin creer que había una vida creciendo dentro de ella—. Es imposible… yo… yo… estoy seca… —Miró el test de nuevo, dos rayitas—.

Mentira… era mentira lo que él me decía… —Con esas palabras, Isidora intentaba convencerse a sí misma de la verdad con los ojos anegados en lágrimas—. No estoy seca, tengo al hijo de Manuel dentro de mí… —En ese momento, pensó en el hombre que amaba con locura—. ¡Manuel!... tengo que decírselo…

El hombre entró decidido al centro de atención primaria, caminó con propiedad como si fuera el dueño del lugar y comenzó a registrar con la mirada hasta encontrar una enfermera. Ellas lo sabían todo y les podía sacar información de manera fácil.

Se acercó sigiloso a una pelirroja que caminaba en dirección a las salas de atención. Se pegó a la espalda de ella y le apuntó discretamente con su arma, directo a la columna. La enfermera al sentir el metal contra su cuerpo y se tensó de manera automática, quería gritar, pero el instinto y el miedo la enmudecieron.

—No grite o disparo —susurró a su oído. Ella estaba paralizada—... Isidora Apablaza, ¿dónde está?

—No sé quién es… no sé de quién habla… —respondió nerviosa—… somos varios atendiendo… —Su boca estaba seca, sus cuerdas vocales apenas respondían—. Tal vez a un colega le tocó verla… ten-tendría que averiguarlo.

—Este lugar es pequeño, debería saberlo. No me mienta —amenazó el hombre con frialdad.

—Le digo la verdad… no me tomará muchos minutos averiguar dónde está —ofreció la enfermera muerta de miedo.

—Hágalo, y no se le ocurra cometer alguna estupidez o se arrepentirá, la esperaré aquí mismo.

La enfermera salió rápidamente a buscar la información que él ansiaba. El hombre estaba en un punto donde podía ver quien entraba y quien salía del lugar. Él era un profesional, no iba a montar un escándalo que alarmara su presencia en el lugar, la discreción era todo en este trabajo.

Esta vez, ella no escaparía.

# Capítulo 22

*«A la muerte se le toma de frente con valor y después se le invita a una copa.»*

**Edgar Allan Poe**

—¡No está!... ¿¡Está segura de que estaba aquí!? — interrogó frenético Manuel mientras registraba con la vista la habitación.

—Completamente, aquí mismo la dejé —aseguró la enfermera convencida—, ese tipo estaba con un arma. Por eso le avisé... Tal vez él encontró primero a su esposa.

—¡Mierda! —Manuel se revolvió desesperado el cabello, estaba lleno de frustración, miedo, rabia. Miró al suelo y le llamó la atención un plástico, al instante se dio cuenta de lo que era y lo levantó—. ¿Se hizo un test de embarazo?, ¿dos rayas?... eso significa que...

—Está embarazada... —La enfermera terminó la oración por él para confirmarle. Estaba muy apenada por él, su esposa desaparecida y embarazada, «ese pobre hombre debe estar destrozado», pensó ella compasiva.

Manuel, tenía una mezcla extraña de sentimientos, estaba feliz a rabiar, porque iba a tener un hijo con Isidora, y a la vez estaba aterrado por la posibilidad de no disfrutar de ese hecho. ¡Debía encontrarla ahora ya!

Salió corriendo del recinto y comenzó a buscar con la mirada. Si tenía suerte, tal vez podría encontrarla en los alrededores, pues solo habían pasado unos minutos. No sabía qué hacer, no podía perderla, ¡no podía! Manuel estaba tan concentrado observando todo lo que le diera algún indicio de la presencia de Isidora que no se había dado cuenta de que Ángel estaba detrás de él.

—¿Dónde está Isidora? —preguntó Ángel preocupado al ver el estado de agitación de Manuel.

—No tengo idea. La enfermera me fue a avisar que había un tipo armado preguntando por ella, y cuando fuimos a buscarla ya no estaba… ¡No estaba!

—Vamos a mi auto. Si el tipo se la llevó, no debería estar muy lejos.

—¿Para qué en auto?, tiene que estar por aquí. No han pasado más de cinco minutos.

—Tranquilízate, por favor. Sí, se esfumó en cuestión de segundos, pero ya no está aquí. Es muy fácil desaparecer, Manuel. Ese tipo no se quedará por los alrededores. Él tiene que cumplir con su misión. Mantén la calma, por favor.

—¿Cómo mierda quieres que me calme?... ¡Isidora está embarazada y ese hijo de puta la va a matar! —exclamó desesperado exteriorizando sus temores.

—¿Cómo?, ¿estás seguro? —interrogó incrédulo, la preocupación aumentó de manera exponencial, debían moverse ya.

—Créeme, está muy embarazada… ¿Dónde podrá estar? —Manuel estaba al borde del colapso, la esperanza se desvanecía con cada segundo que pasaba. No lo podía creer, se negaba a que todo terminara así.

—Con mayor razón no podemos perder tiempo… Manuel, los zapatos que lleva Isidora son de Rossana. ¿Tú crees que siendo un ex infiltrado en la mafia y narcotráfico iba a dejar a mi mujer o a mi hija sin protegerlas? Todos sus zapatos tienen GPS. Encontraremos a Isidora, necesitamos tener la cabeza fría y actuar rápido.

—¿Por qué mierda no lo dijiste antes? —Manuel ya era un tobogán de emociones, ahora que tenían un punto de referencia podían proceder con mayor exactitud. Saber a dónde ir le proporcionaba un mayor alivio, ya no sentía esa desesperación que lo estaba ahogando y sepultaba sus anhelos.

—No es una información que le divulgue a todo el mundo, Manuel, ni siquiera Rossana lo sabe. —Ángel sacó su teléfono móvil y seleccionó la aplicación de seguimiento del GPS que tardó un minuto en conectar con la señal de Isidora—. No están tan lejos, pero el tipo se mueve rápido. Están atravesando la ruta cinco hacia el este… ¿A dónde pretende llevarla ese infeliz?

Isidora fulminaba con la mirada a su captor. Estaba atada de pies y manos como si fuera un cordero, amordazada, furiosa y luchaba con todas sus fuerzas para no llorar. Necesitaba hallar una manera de cómo zafarse de sus ataduras, pero ese desgraciado la supo amarrar muy bien. Tenía que salir con vida de esto, tenía que proteger a su hijo, volver a Manuel, a su familia. Maldijo la hora en que se le ocurrió salir corriendo para ver a su amante y darle la noticia de que iban a ser padres. Debió ser paciente, debió esperar. Su carrera llegó a su fin bruscamente gracias al tipo desconocido que estaba ahora conduciendo. Nunca antes lo había visto, pero le llamó la atención un tatuaje de una araña en el dorso de su mano derecha. El hijo de perra jugó muy bien sus cartas. Lo primero que hizo fue encañonar su vientre, y después de eso, el miedo de perder a su hijo la encegueció, y no le quedó más remedio que obedecer a todo lo que ese infeliz le exigiera.

—No me mire con esa cara, señorita forense —reprendió el hombre devolviéndole la mirada de soslayo por el retrovisor—. No es nada personal, pero usted ha resultado ser un verdadero dolor en el culo. —El hombre fijó su vista a la carretera—. El contratista desea que lo suyo sea más dramático. Así que nos desviaremos por aquí...

Se dirigieron a unas plantaciones de maíz, ya estaban a mitad del verano, así que se encontraban rodeados de esas gigantes varas cargadas de tiernas delicias doradas. El tipo se adentró un par de kilómetros recorriendo un estrecho camino de tierra que tenía a ambos lados el verdor de interminables maizales.

Detuvo el automóvil y se bajó. Miró a todas partes cubriendo el sol con su mano, nadie lo había seguido y en ese lejano paraje no había ni un alma. El calor del sol y el viento seco que mecía los campos, se estaba tornando abrasador y una gota de sudor comenzó a rodar desde su sien hasta llegar a su cuello.

—Calor de mierda —refunfuñó el hombre secándose el sudor con un pañuelo y miró a Isidora a través de la ventanilla—. Con estas temperaturas te van a encontrar rápido cuando empieces a descomponerte... —Sonrió sádico, era un profesional, y disfrutaba mucho su trabajo—. Ni cagando te desataré para que camines, eres muy peligrosa, señorita «cinturón negro». —Abrió la puerta del asiento trasero del automóvil y obligó a Isidora a salir del vehículo, tironeándola del cabello. Ella, salvaje e infructuosamente se retorcía para hacerle la tarea difícil a ese imbécil. Sabía que tenía que hacer tiempo, intuía que Manuel y Ángel no se quedarían de brazos cruzados. Solo necesitaba ganarle al reloj.

—¡Quieta, perra!, ¡o te mato aquí mismo! —Le puso arma en la cabeza amenazante. Isidora obedeció al instante con aparente sumisión.

Su captor le ató una soga a sus muñecas y pies ya atados y tiró con fuerza para que cayera al suelo polvoriento. Isidora por puro instinto se ovilló para proteger a su hijo. El impacto contra el suelo le quitó la respiración por unos segundos, cientos de piedrecillas se le incrustaron en el cuerpo. La cinta americana que silenciaba su garganta ahogó su grito de dolor.

—¡Vamos, perra! —Dio un tirón firme y fuerte y comenzó a arrastrarla para adentrarse en el maizal—. ¡Mierda! —blasfemó mientras la arrastraba con dificultad—. Pesas como jodido elefante. Calculé que tenías por lo menos diez kilos menos, puta obesa.

Isidora estaba iracunda, si tenía oportunidad de sobrevivir le patearía la boca a ese malnacido. Le dolía una enormidad el cuerpo, piedras, astillas y tierra laceraban su cuerpo.

El dolor le daba esperanza, el dolor solo le indicaba que aún vivía.

—¡Ahí está!, ¡ese auto en la mitad de la nada! —señaló Manuel con seguridad, su tono de voz dejaba entrever una mezcla de ansiedad y júbilo.

—No hay duda de que se trata del esbirro de Goycolea —afirmó Ángel frenando el automóvil de manera rápida y eficiente. Abrió la guantera y sacó dos armas con silenciador.

—Toma —ofreció—. Esto no es un juego, tienes que estar dispuesto a mancharte las manos por tu mujer. Cualquier error nos puede costar caro, ¿entiendes?

—Entiendo —afirmó mientras recibía el revólver—. Te juro que soy capaz de comerme el corazón de ese hijo de puta —aseguró convencido de esas palabras retirando el seguro del arma y pasando una bala por la cámara.

Bajaron con celeridad del automóvil. Se notaba que no había nadie cerca. Manuel tocó el capó del auto del secuestrador para comprobar la temperatura.

—Está caliente, pero no quema. No debe llevar mucho tiempo estacionado —especuló.

—¡Por acá, Manuel!, ¡mira! —indicó—. Huellas de arrastre... —Revisó la aplicación de celular—. El punto ya no se mueve... Está fijo a unos doscientos metros de aquí. Sigamos el rastro, no hay tiempo que perder, estamos cerca.

Manuel y Ángel, corrían a toda velocidad pero con sigilo intentando no anunciar su presencia con sus movimientos. Se internaron en la espesura de aquella plantación, con la incertidumbre de no saber con qué se iban a encontrar.

—Este es... un buen... lugar... —aprobó jadeante—. ¿Duele... cierto? —preguntó cínico—. Lástima que no podré hacer pasar esto como un suicidio... Esas marcas no pasan como autoflagelación, ¿no es así, señorita forense?

Isidora estaba a punto de entrar en shock, el calor seco y el intenso dolor a raíz de haber sido arrastrada por el suelo por doscientos metros, le estaba pasando la cuenta a su cuerpo.

No quería morir, no ahora, pero su esperanza ya se estaba agotando a medida que el tiempo avanzaba sin piedad. Pensó en Manuel, en lo hermoso que hubiera sido tener una familia con él; pensó en su papá, nunca más le iba a poder abrazar y sentir su calor; tampoco iba a poder decirle a su madre que la amaba con el alma. Le hubiera gustado conversar una última vez con su hermano y contarle que lo adoraba y que él era el mejor.

A todos sus amigos los echaría de menos, todos tenían un espacio en su corazón… Estaba cansada, pero estaba conforme, el último tiempo de su vida fue muy feliz y no se arrepentía de nada.

Cerró los ojos, que fuera lo que tendría que ser, ella había vivido bien, y su tiempo, al parecer, ya se había acabado. Se permitió llorar en un silencio forzado por su mordaza, sus lágrimas saladas y calientes surcaron su rostro sucio lleno de polvo.

«Te amo, Manuel. Perdóname por no cumplir mi promesa… Ojalá vuelva a verte en otra vida, será increíble volver a amarte», se despidió resignada, entregada a su destino.

—*Requiescat in pace*, señorita.

Isidora sintió como el cañón frío del arma le acariciaba su sien, y sus fosas nasales se llenaron con el tenue olor de la pólvora. Escuchó un clic y luego en sus oídos reverberó el estruendo del disparo. Dolor, y un calor líquido bañó su cabeza.

Todo había acabado. Estaba sumida en la más total y absoluta oscuridad.

# Capítulo 23

*«El éxito no sólo es cuestión de planear rigurosamente y llevar a cabo de forma impecable la estratagema forjada. Parte esencial es entender que la suerte modifica todo y adiciona variables y actores impensados.»*

**Jorge González Moore**

«Está hecho, señor», leyó satisfecho el senador Goycolea el mensaje enviado por su hombre. Solo miró un par de segundos la fotografía adjunta al mensaje, en la que se retrataba la cabeza ensangrentada de esa impertinente mujerzuela. Al honorable le daba asco mirar ese tipo de espectáculos morbosos, y solo le echó un ojo a la imagen para cerciorarse.

«Acabo de transferir el resto de tu paga. Buen trabajo», escribió de vuelta. Sin duda, había contratado al mejor, se lo iba a agradecer a su compañero de partido político que le dio el contacto.

El senador, ceremoniosamente, se sirvió un vaso de whisky, brindó por sí mismo y se bebió todo el alcohol de un solo trago. Estaba orgulloso de cómo había resuelto el entuerto en el que el torpe de su hijo lo había metido.

Apenas saliera absuelto en el juicio, lo iba a mandar a China con un boleto de ida, de eso estaba seguro. Era una verdadera lástima que nadie pudiera enterarse de su proeza, así ningún estúpido colega de pacotilla se atrevería a tocarle las pelotas en el Congreso.

Ya nada, ni nadie iban a impedir sus planes.

*Veinte minutos antes…*

—¡Maldita sea! —exclamó con dolor el hombre, a la vez que se llevaba su mano izquierda a una de sus costillas. Miró su mano y estaba llena de sangre. Tambaleó, comenzó a sentirse mareado. No entendía qué diablos pasaba, miró el cuerpo inerte de su víctima. Extraño. Ella también sangraba pero no en el punto donde pretendía meter el balazo.

—¿Qué carajos?… Mierda… —Tal parecía que había fallado su puntería. «¿Cómo vergas es posible?», pensó incrédulo de la situación.

Un sonido familiar, un zumbido, ¿o dos? En varias partes de su cuerpo, sintió la sensación familiar del impacto rasgando su carne. No era la primera vez que le pasaba esto en su osada carrera profesional, pero la adrenalina, esta vez, no le hacía sentir dolor. Si el cálculo no le fallaba, habían descargado tres proyectiles en su cuerpo.

Pero no se iba a ir solo de este mundo. No, señor, se llevaría a quien fuera que se estuviera ocultando entre el follaje.

Apuntó a todo y a nada, enajenado, mirando a cualquier dirección posible. No podía enfocar bien la vista, entrecerraba los ojos para poder mirar con más precisión algún punto fijo. Disparó, disparó encolerizado y sin cesar, a cualquier cosa que se moviera.

Maldito viento, el sonido del susurro del maizal no le permitía escuchar con claridad, no podía distinguir ninguna señal clara que le diera un indicio de quien le estaba atacando.

El chasquido de su arma le avisó que ya no tenía balas, estaba perdiendo rápidamente su fuerza. A duras penas pudo apretar el botón para liberar el cargador. Comenzó a tantear en sus bolsillos por una recarga.

Nada, en ese momento se dio cuenta de que estaba metido en un gran lío. Estaba tan seguro de su victoria que no había llevado nada más que su pistola y las recargas las dejó en el auto. En teoría debía ejecutar rápidamente a esa puta, y lo había hecho, pero no contaba con esa sorpresa. Ahora sí que estaba jodido. Todo estaba bien, bien jodido.

Sus rodillas flaquearon, y sus dedos ya no podían sostener el acero de su arma y ésta cayó al suelo con un ruido amortiguado. ¡Por la misma mierda!, todo le daba vueltas, sus sentidos lo estaban abandonando con cada bocanada de aire que tomaba. Odiaba sentir debilidad, pero esta lo estaba consumiendo sin compasión.

Ángel y Manuel al ver el que el tipo se movía errático y con dificultad, emergieron con fiereza desde el maizal. El primero desde la izquierda y el segundo por detrás de la ubicación del captor. Estaban alerta, apuntando, dispuestos a disparar a matar si era necesario. Sí, habían llegado en el momento preciso y no hubo tiempo para pensar en nada, solo en actuar. Manuel fue el primero que apretó el gatillo sin dudar, directo a la espalda del sujeto, atravesándolo de lado a lado, justo un segundo antes que él disparara en contra de Isidora. Sin embargo, Manuel no tenía la certeza de saber si había logrado evitar lo inevitable.

Manuel se dirigió directo al cuerpo de su mujer, a la vez que Ángel no bajaba la guardia. Si ese tipo se movía, moriría en el acto. Se acercó al ovillo que era Isidora en ese momento, intentó mantenerse estoico y no estallar de angustia al ver la sangre manando de su cabeza.

«Enfócate en los detalles, estúpido», se reprendió mentalmente. Con los dedos haciendo presión, intentaba sentir el pulso en el cuello femenino, y se armó de valor para verificar si había masa encefálica regada en el suelo.

Nada.

Ese hecho mitigó un poco la angustia. Miró con atención el lugar desde donde fluía la sangre, era un corte limpio y poco profundo en el lado izquierdo de su frente como a dos centímetro de su sien. Manuel, sabía que las heridas superficiales en la cabeza se caracterizaban por ser sangrientas, todo le indicaba que no era tan grave, pero faltaba lo principal.

Su pulso.

*«Tum, tum… tum, tum… tum, tum…»*

Era constante, ¡su corazón latía con brío! ¡Ella vivía! ¡Él vivía! Todavía tenían una oportunidad. Estaba pletórico de felicidad al poder albergar un rayo de esperanza para su vida. Pero ese rayo al instante fue opacado al notar las condiciones en las que se encontraba su mujer.

Con una fuerza sobrehumana quitó las ataduras que ligaban las extremidades de Isidora. Una ola de furia casi lo enegueció, ¡hijo de puta malnacido!, ese infeliz pretendía matar a su mujer como si fuera un animal. Lo iba a matar, ¡lo iba a matar, como el perro que era!...

Mas eso ahora no era importante, ella era quien tenía toda su atención.

Abrazó fuerte el cuerpo de su Isi, podía sentir cómo su calor traspasaba las fibras de su ropa y penetraba su alma, y la llamó, rogó para que ella abriera sus ojos y ver una vez más ese par de iris verdes azulados que tanto amaba. Con toda la delicadeza que pudo quitó la cinta americana que acallaba esa boca que en incontables veces besó y que anhelaba volver a besar.

—Isi, respóndeme… ¿me escuchas?... Háblame por favor… soy yo, Manuel… soy el tipo irritante y molesto que amas. —Acarició su ojos y su rostro, odiaba ver la evidencia de su reciente padecimiento. Besó su frente, no le importaba probar el sabor de su sangre—. Háblame... te lo suplico

—Manu... —susurró abriendo los ojos lentamente—. ¿Ya... pasó todo?... —preguntó casi incrédula.

—Estoy aquí, preciosa. Ya todo terminó. —Manuel la besó con suavidad. Los labios de ella estaban secos por la deshidratación, pero eso no le importó en lo absoluto, él solo anhelaba sentirla de nuevo, rozar su boca con la suya. Al fin había terminado la pesadilla.

—Pensé que estaba delirando... pensé que estaba soñando y que escuchaba tu... —La voz de Isidora se quebró—... yo creí que había... —Recordó lo más importante para ella en ese momento, abrió los ojos de par en par y se tocó el vientre— ¡Oh por Dios!, Manu... estoy... vamos a...

—Lo sé, lo sé, lo sé, lo sé... lo sé todo, Isi. —El corazón de él latía con fuerza, galopaba como un caballo desbocado. Ella estaba bien, con él... Isidora había prometido que ella nunca lo dejaría... y ahí estaba, junto a él. La volvió a besar con inmensa ternura—. Te amo, mi vida... ya pasó todo, ya pasó...

—Te amo, Manu —gimió abrazada fuertemente a su cuello.

El sicario apenas podía distinguir que era lo que sucedía a su alrededor. En realidad, ya todo le importaba un soberano carajo. Lo que era verdaderamente primordial era saber si iba a salir de esta... No obstante, a juzgar por sus heridas y el charco de sangre en el suelo, tal parecía que eso no iba a ser posible.

—Si te mueves te mato ahora —amenazó Ángel poniendo el cañón de su arma en la cabeza empujándola levemente.

—Da lo mismo... incluso, me harías un gran favor si lo haces. —El hombre sintió el sabor metálico de su propia sangre que le llenaba la boca y escupió—. Ya no me queda… tiempo. —Uno de sus pulmones había sido perforado por el primer impacto del arma de Manuel, y con cada respiración que daba se llenaba todo de sangre, ese órgano vital ya no estaban cumpliendo su función. Le costaba tomar aire, cada vez que inspiraba, más se acercaba a la muerte—. Yo… —No pudo terminar la frase, se desplomó exhalando un quejido, y ya nunca más volvió a levantarse.

Entretanto que Manuel, tranquilizaba a Isidora con caricias, besos y promesas, Ángel comprobaba los signos vitales del asesino a sueldo. Tomó su pulso presionando con dos dedos en su cuello durante un minuto… No había ningún indicio de que su corazón estuviera bombeando sangre.

Estaba muerto.

Isidora se dio cuenta de todo, y sintió un alivio que nunca antes había sentido en su vida, pero a la vez, le asaltaron millones de dudas que pronto debían ser resueltas. Primero y la más importante, qué iban a hacer con el cadáver. No podían poner en evidencia a Ángel, y Manuel podía alegar legítima defensa. Tal vez no podrían evitar la prensa, el senador se iba a enterar si salía a la luz pública que ella había sido víctima de un intento de asesinato y, probablemente, el viejo infeliz le pondría precio a su cabeza. El alivio que sentía hace algunos instantes se fue desintegrando a medida que pensaba en los eventos futuros.

—¿Qué haremos con el cuerpo? —interrogó Isidora externalizando uno de sus temores.

—Llamaremos a la PDI, al comisario Torres, un hombre confiable y con honor, prácticamente todas las pruebas corroborarán los hechos —contestó Ángel—. Ustedes contarán lo que ha pasado, todo… bueno, no todo. Yo debo permanecer en el anonimato, así que digan que solo Rossana los ocultó. Usualmente, cuando muere un sicario tan peligroso como éste, la información no sale en las noticias de las nueve de la noche. Hay protocolos para este tipo de situaciones, pues no es la idea alertar peces más gordos como mafias y carteles, por el contrario, se mantiene la investigación en secreto, y más aún, ahora por los tintes políticos que este caso tiene. Por el tatuaje de su mano puedo conjeturar que en algún momento trabajó en México, pero no estoy seguro, su acento era confuso.

—¿Pero cómo vamos a ocultar que participaste? Tú también disparaste, ¿o no? —preguntó Isidora, pensando en las evidencias que estaban en el lugar. Observaba todo con atención, procesando la escena mentalmente.

—Estas armas están registradas a nombre de Rossana, y yo no disparé ni una bala, tenía un pésimo ángulo para hacerlo. Manuel, fue quien lo ultimó. —Miró a los ojos a Manuel arqueando una ceja, estaba realmente sorprendido—. Creo que para ti no es la primera vez que usas una pistola, ¿o me equivoco?

—No. —Negó con la cabeza—, no es la primera vez que uso estas cosas. Solíamos cazar conejos en el campo con mi papá, mi hermano y yo, cuando éramos niños. Un tipo a media distancia no era algo complejo para mí. —confirmó Manuel.

—Das miedo con un arma, tienes talento para ser un francotirador —bromeó Ángel, todo estaba demasiado denso—. Llamaremos a Sandro, para que testifique aquí… Pero antes… —Ángel comenzó a registrar el cadáver y encontró el móvil del desconocido—. Aquí está… —comenzó a hurgar entre las aplicaciones del celular del hombre muerto, y empezó a elucubrar mentalmente un plan, uno muy bueno—. Cuando declaren, tendremos que cambiar un poco el orden de los hechos… Vamos a enviarle un recadito a nuestro querido senador Goycolea, Isidora, recuéstate un en el suelo, por favor…

## Capítulo 24

La Policía de Investigaciones se hizo presente en el lugar al cabo de media hora de haber sido llamados por Manuel. Ángel se retiró de la escena del crimen a pie, llamó a su mujer y acordó con ella que lo fuera a buscar a la carretera en un taxi.

Sandro llegó dos horas después, junto con Libertad, para declarar como testigos en las dependencias de la Brigada de Homicidios de Rancagua. Después se presentó también Rossana para contar su parte de la historia. Fue una jornada larga y agotadora, explicar todo desde el comienzo, responder al interrogatorio y establecer la responsabilidad intelectual de los hechos del poderoso senador, sin tener mayores pruebas que el cadáver sin identificar del supuesto sicario, y las pertenencias que traía con él. El teléfono móvil del sujeto era prepago, pero tenía la información necesaria para mover la maquinaria legal y acusar a Goycolea. Para el Comisario Torres, todas eran pruebas inequívocas e irrefutables, pero sabía cómo funcionaba el sistema, y necesitaban algo más contundente que el celular de un hombre desconocido, posiblemente extranjero, cuyas huellas digitales no estaban en ninguna base de datos, nacional o internacional, y las declaraciones de los afectados y los testigos.

Para acusar a un político necesitaban pillarlo con las manos en la masa y actuar rápido. El Comisario Torres, conocía muy bien a esas ratas de cuello y corbata, siempre se las arreglaban para evadir a la justicia, tenían influencia, dinero y poder.

¿Cómo lo harían?

—Bien, señorita Apablaza, ya hemos terminado todo por hoy. —El Comisario Torres, se acomodó pesadamente en su asiento, hacía mucho tiempo que no tenía una jornada tan agitada—. Ha sido afortunada, la suerte estuvo de su lado el día de hoy.

—Afortunada es una palabra que no expresa la dimensión de evitar la muerte un par de veces —aseguró Isidora, con un tono de voz extenuado.

—Tengo que darle la razón. Al parecer, usted debe ser la primera persona que se escapa de este sujeto. No me sorprendería que en cuanto ingresemos el ADN de este tipo al sistema, se podrán resolver varios crímenes a la vez. Por lo menos, ahora sabemos quiénes han sido algunos de sus clientes acá en Chile.

»Usted comentó que debe testificar en el caso del hijo del senador en … —Miró la hora en su reloj era pasada la medianoche—. ¿Tres días más?

—Así es, Comisario Torres, me preocupa el hecho que el senador se entere que estoy viva y…

—No se preocupe —intervino—, le daremos protección policial durante esos días, y la escoltaremos hasta Tribunal de Juicio Oral en lo Penal de Viña del Mar. Pestes como el senador no deberían estar en el Congreso. Necesitamos más pruebas para poder hundirlo sin posibilidad de escapatoria.

—¿No bastan con las evidencias que le hemos entregado? —interrogó sorprendida, ¿qué más tendrían que hacer para estar en paz?

—Sí y no. Ya llevo mucho camino recorrido, señorita. A los políticos hay que acorralarlos para que no tengan escapatoria. —Se quedó pensativo unos instantes—. Usted podría ser de mucha ayuda, si es que quiere llegar hasta el final.

—No me sentiré segura hasta que ese hombre esté tras las rejas. ¿Cómo puedo ayudarlo, Comisario Torres?

—Esa será la parte divertida...

Cuando terminaron las diligencias en la Brigada de Homicidios, Sandro y Libertad fueron a casa de Rossana para pernoctar, y al día siguiente, la pareja volvería a Santiago temprano por la mañana con Manuel e Isidora. Ellos, por su parte, decidieron que no era prudente arriesgar el anonimato de Ángel, así que escogieron alojarse en el hotel Diego de Almagro en la ciudad de Rancagua y pasar la noche ahí. Había detectives en las afueras del hotel, vigilando quien entraba y salía del lugar para resguardar la seguridad de la forense, en caso de que se filtrara que ella estaba viva.

Eran las dos de la madrugada e Isidora se conectó a una videoconferencia por *Skype* para hablar con sus padres, tenía que ponerlos al corriente de los eventos ocurridos en el día, bueno, casi todos. Había cosas que no debían contarse por medio de una pantalla de computador.

—¿¡¡¡Hija, por Dios que te pasó!!!? —exclamó Pamela, la madre de Isidora al ver el rostro de su hija a través de la *webcam*.

—Mamá... mamita... Estoy bien... —Isidora intentó tranquilizar a su madre, verla así no le ayudaba mucho para manejar sus propias emociones.

—¿¡¡Cómo que estás bien!!!? —interrumpió exaltada—. ¡Tienes una venda de nuevo en la cabeza!

—Es solo un rasguño... mamá, eso no es lo importante...

—¿Cómo que no es importante, hija?... ¿qué está pasando? —preguntó serio y a punto de perder el control, Alfredo, el padre de Isidora.

—Mamá, papá, cálmense por favor... quería decirles que ya todo terminó...

Isidora relató a sus padres todo lo ocurrido ese día, el rostro de ellos se tornó lívido a medida que ella avanzaba en los detalles sórdidos de la historia. Eran demasiadas emociones para todos, inclusive, a través de la conexión de internet, era posible ver la angustia y alivio en los rostros de los padres de Isidora.

Al lado de ella estaba Manuel, quien escuchaba la conversación en silencio, la tenía tomada de su mano, no quería separarse de Isidora por ningún motivo. Necesitaba sentirla cerca, para él, eso era más importante que respirar. Intentaba de este modo, asegurarse de que no estaba soñando, que ella estaba viva, que lo amaba y que llevaba el fruto de su amor creciendo en su vientre... ¡Dios, iba a ser papá! Todavía no podía creer que estaba pasando eso de verdad. Independiente de todas las circunstancias que los rodeaban, él era inmensamente feliz.

El peligro inminente y mortal ya era un recuerdo, pero la situación seguía siendo compleja, y tampoco era fácil de asimilar la magnitud de todo lo vivido durante ese largo día.

—Vamos a pasar la noche aquí, y mañana volveremos a Santiago... No se preocupen, tenemos custodia policial, ya no queremos seguir importunando a Ángel y a su familia, han hecho demasiado por nosotros —explicó Isidora.

—Se alojarán en esta casa y no aceptaré un no por respuesta. — Alfredo impuso su voluntad—. Tu madre ha estado con el alma en un hilo, casi muriéndose de la pena con toda esta situación. —Abrazó a su mujer más fuerte, mientras ella trataba de controlar su llanto en silencio—. Les exijo que vuelvan a casa hasta que todo esto haya terminado de manera definitiva. Ningún hijo de puta, va a volver a tocar a mi hija, aunque sea el maldito presidente de la jodida República —expresó con vehemencia Alfredo. Ya estaba harto de todo, se sentía inútil e impotente por todo lo ocurrido, y esos eran sentimientos tan ajenos a él, que le costaba digerir con naturalidad.

—¿Papá, hablaste en plural?, ¿escuché mal o de verdad dijiste «se alojarán»? —preguntó Isidora para confirmar que Alfredo estaba incluyendo a Manuel. Después de que casi se lo comieron vivo cuando sufrió su «accidente», notaba la desconfianza que sus padres le tenían a él, sobre todo su papá.

—No creo que pueda separarte de esa lapa que tienes por pareja —trató de bromear en vano—… Además, corre el mismo riesgo que tú, y te ha salvado la vida. —Respiró profundo—… Manuel, has salvado a mi niña, me faltará vida para agradecerte lo que has hecho. —Los ojos de Alfredo se llenaron de lágrimas, ya estaba sobrepasado por todo—. Te mereces todo mi respeto, se nota que se aman mucho… y para mí, eso es suficiente…

—¡Oh, papá! —Isidora sollozó. Era demasiado para ella ver a su padre quebrarse de esa manera, y que él aceptara a Manuel.

—Gracias, Alfredo… yo no sé qué decir… yo amo mucho a su hija… Es mi vida, es mi todo.

—Estas fregado, hijo… Bienvenido a la familia.

Manuel sonrió con timidez, entendía a su suegro, si el tuviera una hija habría reaccionado igual... una hija, era posible que ya la tuviera...

—Gracias, papá —dijo emocionada Isidora—. Mañana temprano volveremos a Santiago. Sandro y Libertad nos llevaran a casa... Los amo mucho, no se preocupen, tendremos custodia hasta que llegue el día del juicio.

—Los estaremos esperando. Le avisaré a tu hermano y a Jesu para que vengan también, te echan mucho de menos.

—Te amo, papá... mamita, no llores más por favor. Ya estaré en unas horas allá. —Intentó consolar Isidora, su madre hipaba de tanto llorar y no pudo contestarle a su hija, solo asentía con la cabeza y se despedía haciendo señas con sus manos. Toda ella era una represa desbordada de sentimientos que ya no podía contener—. Buenas noches a los dos, los amo.

—Te amamos, hija. — Pamela logró articular al fin—. Te amamos muchísimo.

Cortaron la conexión de *Skype* y ambos suspiraron profundamente. Un día había terminado, el mundo giraba, y tenían la fortuna de estar vivos y juntos. Era hora de dormir.

Se desnudaron con languidez, la habitación estaba en penumbras, solo necesitaban acostarse y descansar para reparar energías. El ánimo reinante no era para el sexo, pero sí era imperativo sentir piel contra piel, era lo único que les faltaba para poder rendirse al sueño.

—Buenas noches, mi Isi. —Abrazó a su mujer haciendo cucharita, lo hizo con cuidado para no pasar a llevar sus magulladuras—... Buenas noches, tú, sí, tú... mi pepita de manzana —dijo con infinita ternura, acariciando el vientre de ella.

—¿Pepita de manzana? —preguntó intrigada por el apodo a su futuro hijo o hija.

—No sabemos cuánto tienes de embarazo... pero supongo que todavía es chiquitita... o chiquitito como una pepita de manzana —respondió con una emoción inacabable que no podía ocultar.

—Eres un amor, ¿lo sabías?

—Yo solo sabía que tenía una estúpida y sensual voz, detective —replicó socarrón.

—Una voz que adoro...

Pasaron algunos segundos en silencio, pero algo inesperado pasó. Manuel aclaró un poco su garganta, y su preciada voz, grave, profunda y vibrante comenzó a susurrarle al oído, la melodía de una canción. Una que inmediatamente ella reconoció, y sin más, él empezó a cantar «*The wonder of you*», acariciándole con el tibio aliento que le estremecía todos sus sentidos.

*When no-one else can understand me*
(Cuando nadie más pueda entenderme)
*When everything i do is wrong*

(Cuando todo lo que hago está mal)
*You give me hope and consolation*

(Me das esperanza y consuelo)
*You give me strength to carry on*

(Me das fuerza para seguir adelante)


*And you're always there to lend a hand,*

(Y siempre estás ahí para tenderme una mano,)
*in everything I do*

(en todo lo que hago)
*That's the wonder*

(Eso es lo maravilloso)
*The wonder of you*

(Lo maravilloso de ti)


*And when you smile the world is brighter*

(Y cuando sonríes el mundo es más brillante)
*You touch my hand and I'm a King*

*(Tocas mi mano y soy un rey)*
*Your kiss to me is worth a fortune*
*(Tu beso vale para mí una fortuna)*
*Your love for me is everything*
*(Tu amor es todo para mí)*

*I'll guess i'll never know the reason why,*
*(Supongo que nunca sabré la razón,)*
*you love me like you do*
*(por la cual me ames como lo haces)*
*That's the wonder*
*(Eso es lo maravilloso)*
*The wonder of you*
*(Lo maravilloso de ti)*

Isidora estaba sorprendida, emocionada y maravillada. No podía creer lo que había escuchado... Manuel, cantaba igual, pero igual, igual a Elvis, en el tono, la impostación. Escuchar a Manuel era escuchar el sedoso terciopelo de la voz del Rey. Era increíble, estaba sin habla. Solo atinó a girarse y abrazarlo con fuerza, era como si de pronto el extenuante peso del día se hubiera esfumado por arte de magia. Amaba sin límites a Manuel, de eso estaba total y absolutamente segura. Lo miró embelesada, a pesar de la poca luz que había, podía notar que él estaba con una expresión tímida que adornaba sus masculinas facciones, tal vez se sentía un poco inseguro. Ella acarició su rostro y lo sentía caliente. ¡Oh su Manu!, estaba ruborizado. Lo besó con suavidad, en cada una de sus mejillas sintiendo la aspereza de su barba a medio crecer.

—Te amo, Manu... eres increíble... cantas precioso.

—Gracias —dijo esbozando una sonrisa, tanto había escuchado a Elvis junto a Isidora, que terminó por aprenderse todo el repertorio y la manera de interpretar que tenía él—... Duerme, preciosa mía, que ya te he cantado tu canción de cuna.

—Dudo que me duerma si me cantas así al oído —replicó seductora.

Manuel rio, siempre ella lo sorprendía. Cuando Isidora se ponía en plan «te voy a comer con papas fritas», no podía negarse, aunque el cansancio estuviera a punto de derribarlo.

—Vamos a comprobar si estas de ánimo para… —Acarició suavemente el monte de Venus de su amada, hasta llegar a aquel cálido lugar que él adoraba y sumergió un dedo con facilidad, Isidora confirmó lo preparada que estaba con un gemido—. Mmmmm, creo que estás en perfectas condiciones para hacerte lo que más te gusta. Estoy pensando seriamente que tú solo me ves como un juguete sexual.

Isidora rio, Manuel siempre lograba sacarle risas con sus ocurrencias, no importaba el momento o el lugar, él la hacía feliz.

—Sin duda eres el mejor juguete sexual de edición limitada y exclusiva solo para mí.

—Por supuesto, y no necesito pilas como esa cosa que tienes escondida en el velador de tu dormitorio.

—¡Manu, pesado! ¡Aiiish!, ¿Cuántas veces tengo que decirte que ya no lo uso? —Ya había empezado Manuel con la misma cantinela de siempre, cada vez que podía se lo recordaba. Puso los ojos en blanco, él estaba en modo «molesto e irritante»

—No sé, tal vez soy un idiota, pero me pone celoso porque lleva más tiempo contigo.

—A veces no puedes parar de decir ridiculeces, ¿cierto?... ¿Sabes qué?... —Isidora prefirió cortar por lo sano—. Calladito te ves más bonito, cierra esa boquita que tienes y hazme el amor ya.

—Tus deseos son órdenes, preciosa… —acató besándola con un hambre voraz.

Manuel siguió acariciándola íntimamente con sus dedos, conocía cada rincón, cada punto sensible de su piel resbaladiza, sin dejar de besarla. Ella siempre le facilitaba todo, sus gemidos, susurros y jadeos lo guiaban para hacerle encontrar el éxtasis. Isidora no fingía, ella era real, era una fuente inagotable de placer. En ese momento ella estaba entregada incondicionalmente a todas las sensaciones que él le provocaba.

Manuel no quiso esperar más, solo quería fundirse en las profundidades de su mujer. Debía admitir que era un esfuerzo titánico no tomarla a lo bestia, pero era tan difícil contenerse, ella siempre estaba tan lista y dispuesta, era exquisitamente receptiva, y cada vez que estaban juntos, se dejaba llevar por él en sus arranques animales.

Gravitó sobre ella, abrió sus piernas y sin más dilación la penetró con fuerza. Manuel casi pierde la razón al sentirse rodeado de el calor líquido de Isidora, y comenzó a moverse en armonía con sus deseos carnales. Su mujer seguía con brío cada deliciosa y feroz embestida que él le daba, estaba tocando rápidamente las puertas del cielo. Él sabía moverse, ¡sí que sabía!, era como si danzara eróticamente dentro de ella. Entraba y salía sensual un ritmo fervoroso y ondulante, que hacía sentir a Isidora viva, colmada y a punto de estallar.

—Manu… Manu… lléname… hagámoslo juntos —urgió gimiendo al borde de la delectación.

Esas palabras fueron la señal para él, intensificó la presión de sus movimientos acompasándose a los espasmos internos de ella. Estaban tan compenetrados, tan unidos en la búsqueda del placer que, en pocos segundos, los encontró a los dos de manera simultánea, haciéndolos gritar, perdiendo hasta el último vestigio de cordura. Ellos solo sentían que flotaban en una bruma de deleite que los embriagaba por completo. Era una sensación maravillosa, sentir lo mismo que sentía el otro, el mismo amor, la misma veneración, la misma complicidad, y el mismo placer.

No había duda alguna, Isidora había nacido para Manuel, y Manuel había nacido para Isidora.

# Capítulo 25

*«No es la carne y la sangre, sino el corazón, lo que nos hace padres e hijos.»*

**Friedrich Schiller**

A las nueve de la mañana en punto, Isidora y Manuel estaban en la puerta de la casa de los padres de ella, y cerca de ellos, se hallaba estacionado el auto donde estaban los agentes que estaban custodiando a la pareja.

Sandro y Libertad solo pudieron acompañarlos hasta ahí. Lamentablemente, Libertad se había sentido mal durante todo el trayecto de regreso a la capital, e incluso tuvieron que parar a medio camino para que pudiera vomitar todo el desayuno. Cuando Isidora se despidió de ella, le susurró a su amiga: «Hazte un test de embarazo, esas náuseas son sospechosas», Libertad la miró con los ojos muy abiertos, al parecer, en ese momento se dio cuenta de esa posibilidad. Volvió a abrazar a su amiga y le prometió que se lo haría pronto.

Isidora abrió la puerta de la casa de su infancia, había copia de emergencia de las llaves debajo de una piedra, Manuel la levantó para que Isidora no hiciera fuerza y pudiera sacar el llavero. Al entrar, respiró el aire familiar, todo estaba en silencio y a oscuras, tras de ella,

Manuel estaba cerrando la puerta principal y mirando todo a su alrededor.

—¡Mamaaaá! —llamó—. ¡Papaaaaá!... ¡Llegamos!

De golpe sintió un gritito femenino, y la mamá de Isidora salió corriendo desde su dormitorio vestida con la camisa de su esposo. Sin un rastro de pudor por su indecoroso atuendo, saludó a su hija fundiéndose en un abrazo conmovedor que la liberó de la angustia vivida las últimas horas. Inmediatamente, salió al encuentro el padre de ella, vistiendo un pijama. Abrazó con adoración a sus dos mujeres, aliviado de ver a su hija de vuelta sana y salva.

Pamela, después de cerciorarse de que su hija estaba entera, se separó de ella y abrazó a Manuel, llorando, agradeciéndole por proteger a Isidora. La pobre mujer convulsionaba de tanto sollozar y Manuel no sabía qué hacer para consolarla. Miró a Alfredo como si estuviera pidiendo ayuda pero, por el contrario, su suegro también lo abrazó con visibles lágrimas a punto de salir de sus ojos.

Isidora miraba emocionada aquella escena, y no pudo evitar unirse a ese abrazo grupal que rodeaba a su Manu. Todos estaban con los sentimientos a flor de piel que desbordaban sus corazones e inundaban la habitación.

Una hora después, llegó Leonardo con Jesu, y el mismo episodio se repitió; abrazos, llantos, alivio y agradecimiento. Todas esas emociones dieron motivos suficientes para hacer un asado familiar a la parrilla.

Isidora necesitaba a su gente, volver a su refugio, a sus raíces. Lo necesitaba imperativamente para poder recobrar fuerzas para lo que se venía en los próximos días. Ahí estaba el abrazo contenedor de su padre, las cálidas palabras y cariños de su madre, el apoyo y amistad de Jesu, el amor inconmensurable de su Manu y las bromas de su hermano…

—Ya no te diré más Isidora «la Condora» —anunció muy serio y convencido Leonardo.

—¿Qué?, ¿tienes fiebre? —preguntó guasona la aludida, no le creía ni un poquito la actitud madura de su hermano.

—No, ya no eres una Cóndora... eres Harry Potter —respondió Leonardo aguantando a duras penas la risa.

—¿Qué?, ¿por qué?... ¿Qué te pasa, Petardo?, ¿de qué estás hablando? —preguntó sin respirar y con aire amenazante, pero por dentro Isidora estaba disfrutando la riña fraternal.

—¿No te has visto la frente, Isi?—preguntó curiosa Jesu que estaba atenta al intercambio verbal de los hermanos.

En ese instante Isidora recordó que mientras viajaba, se había quitado la venda porque le picaba, y Manuel le había ayudado a sacársela con cuidado.

—No me la he visto... ¿Qué tengo? —preguntó un poco asustada.

—Te va a quedar una cicatriz en forma de rayo, como Harry Potter — contestó Leonardo estallando en carcajadas. Era cierto, entre la herida del choque de su auto y el balazo que le rasguñó la frente, se le había formado un patrón similar al que indicaba su hermano.

—¿¡¡¡Queeeeeeeeeeeeeé!!!? —Isidora partió corriendo al baño para mirarse al espejo, y ahí estaba la cicatriz—. ¡¡¡Noooooooooo!!!, ¡ese Petardo infeliz tiene razón! —rezongó mientras se miraba frustrada.

—Ya, si no es para tanto, Harry, a lo mejor se te borra con el tiempo —bromeó y consoló Leonardo abrazando a su hermana por detrás y apoyando su mentón en el hombro de ella. Ambos se miraban a través del reflejo del espejo—. De todas formas estás más bonita... estoy muy feliz de que estés bien... Te amo, hermanita. —Besó su sien con cariño, se sentía más sereno al tener a su hermana cerca ese día.

—Yo también te amo, Leíto… —respondió con ternura, y luego recordó—. ¿No deberías estar con mi papá afuera, en vez de estar hinchándome los ovarios?

—Hoy me relevó Manuel con la parrilla —contestó ufano—. Oye, ese hombre es perfecto para ti. Le hace a todo, inteligente, súper héroe, ingeniero, bombero y parece que a ti te soporta como nadie.

—¡Cállate, ridículo! —Sonrió—. Es verdad, ¿cierto?, Manu es increíble… ¿Te cuento un secreto? —preguntó cómplice—. Pero te juro que te corto las pelotas si te vas de lengua.

—Te lo prometo por mis gónadas, que son sagradas para mí —juró. Leonardo sabía perfectamente que si no cumplía, su hermana le iba a arrancar de cuajo las pelotas con una guadaña... literalmente.

—Vas a ser tío —confesó en un susurro bajito, casi inaudible.

Leonardo abrió los ojos, como si se le fueran a salir de sus cuencas y se le cayó la quijada al suelo.

—Noooooooo —articuló sin voz—, ¿en serio?, ¿estás esperando un *alien*? —murmuró.

Isidora asintió feliz, tenía que contarle a alguien, y su hermano era perfecto para recibir esa noticia. Necesitaba descargar un poco de emotividad para cuando les soltara la bomba a sus padres... en algún momento.

Leonardo abrazó alegre a su hermana, había sido testigo de la vida de Isidora, de sus días felices, sus días horribles y la impotencia de no poder hacer nada para que su hermana pudiera ser feliz, y ahora, ella le daba el honor de ser el primero en saber que estaba esperando un hijo. ¡Iba a ser tío! Manuel era un buen hombre, estaba seguro que de él amaba profundamente a su hermana, y al renacuajo que estaba creciendo en sus entrañas.

—¿Te vas a casar? —consultó Leo, manteniendo el ambiente de secretismo.

Isidora se encogió de hombros. No sabía si eso iba a pasar algún día, y en realidad, no le importaba. Solo le interesaba el hoy y el ahora, y hoy, era feliz con Manuel y solo eso le bastaba. Iba a ir paso a paso con tranquilidad, aunque los últimos días parecía que corría una jodida maratón del terror.

—¿Interrumpo? —interrogó Manuel apareciéndose en el reflejo de aquel cuadro fraternal—. Alfredo te llama, Leo, dijo que llevaras tu culo a la parrilla.

—¿Ya terminó de sermonearte? —replicó Leonardo interesado y divertido a la vez.

—Más o menos —confirmó levantando las cejas y rascándose la cabeza.

—Las conversaciones en la parrilla son épicas, ya te acostumbrarás —declaró Leonardo—. Teóricamente eres parte de la familia, y debes saber que nadie había ocupado mi lugar en el ritual parrillero-padre-e-hijo. —Sonrió—. Mejor voy a ver que quiere mi viejo.

—¡Ah!, Pamela dijo que le llevaras el monedero, está con tu papá afuera.

—¡Vale!

Dejó a la pareja a solas en el baño y Manuel tomó la misma postura que tenían Leonardo e Isidora con anterioridad, pero con la diferencia que se pegó al cuerpo de ella para sentirla en toda su longitud.

—¿Te sientes bien?, ¿te dieron náuseas?

—Sí, Manu. Estoy bien, no tengo nada de eso… —Le rozó tiernamente la mejilla con la nariz—. Le conté a Leo sobre pepita de manzana.

—¿Y cómo se lo tomó?, ¿no me va a castrar tu hermano, cierto?

—Está contento, probablemente se lo dirá a Jesu… y si mi papá lo interroga junto con mi mamá… ¡ay no! —exclamó con sarcasmo y una sonrisa maliciosa se instalaba en sus labios.

—¿Qué?

—Lo va a soltar igual. —Rió a carcajadas sin parar—. Va a estar acorralado, prepárate porque…

—¡¡¡¡Isidoraaaaaaaaa!!!! —Escuchó gritar a sus padres desde el patio.

—Ya lo saben… —murmuró Manuel un poco asustado por el tono de voz que oyó por parte de sus suegros—… Cásate conmigo —rogó desesperado pero feliz por convertir a Isidora en su esposa.

—¿¡Qué!?

—Cásate conmigo, ¡di que sí!

—Pero, pero, pero… nooooo, así no, Manu. —Rió—. Ya te he dicho que mis papás no son conservadores, no es terrible para ellos una situación así. No nos vamos a casar por obligación, me niego con todo mi corazón.

—Pero…

—Pero nada. No, Manu, ya te dije que así no.

—Ya, ya, ya, entendí… —claudicó—. No será la última vez que te lo proponga —amenazó.

—Esmérate para la próxima, y que no sea en un baño, por favor…

—¡¡¡¡Isidoraaaaaaaaa!!!! —El nombre de ella se escuchaba más cerca. Los suegros de Manuel se estaban acercando peligrosamente.

—¡Voooooy! —replicó ella para aplacar a sus padres—. Ya, Manu, vamos a confirmarles el chisme, total… Todo lo tenía fríamente calculado… Pobre Leo no resistió mucho rato el interrogatorio…

—Eres mala, pero mala de adentro con mi querido cuñado.

—Se lo merece, por pastel.

—¡¡¡¡Isidoraaaaaaaaa!!!! —Los padres de ella ya estaban instalados en el baño con una expresión indescifrable en el rostro, y detrás de ellos, estaba Leonardo suplicando clemencia sin palabras, y Jesu que miraba todo el cuadro intrigada y con cara de no entender nada.

—¿Qué pasa? —preguntó haciéndose la loca, Manuel optó por el mutismo.

—¿Es verdad lo que dijo el Leo? —preguntó Alfredo un poco alterado.

—¿Qué dijo el Leo? —Isidora insistió con la técnica de hacerse la loca.

—Qué se van a casar —replicó Pamela un poco incrédula por lo rápido que avanzaba la relación de su hija con Manuel.

—¿Queeeeeeé? —dijo sorprendida, ¡diantres!, el tiro le salió por la culata—. Nooooooo, no me voy a casar —aclaró.

—Ella no quiere, yo ya se lo pedí —Manuel, por solidaridad masculina con su cuñado, puso en aprietos a Isidora a propósito.

—Y yo le dije que no. —Miró a Manuel con cara de «te voy a pisar los huevos»—. Porque no me voy a casar por obligación.

—¿Y por qué tendrías que casarte obligada? —interrogó Alfredo curioso.

—Porque estoy embarazada, por eso...

Silencio...

—Ayer me enteré... —continuó, no tan valiente como hace un par de segundos.

Silencio...

—¡Digan algo! —exclamó impaciente, quería compartir su felicidad, pero la reacción de sus padres no ayudaba mucho.

—Van a ser abuelos... se supone que deben alegrarse —articuló en voz baja Jesu—. ¡Seremos tíos, Leo! —exclamó emocionada y dándole un codazo a su pareja.

La palabra «abuelos» le hizo clic a Pamela, y reaccionó de su temporal estado catatónico.

—Seremos abuelos, Alfred... —susurró Pamela, aún impactada, su niñita ya era toda una mujer. El día se estaba convirtiendo en una montaña rusa de emociones del tamaño de Júpiter —... Alfred... cierra la boca y abraza a la niña. —Le dio un codazo para que recobrara la vida.

Alfredo parpadeó, cerró la boca y abrazó a su hija como si fuera de cristal y le acarició el vientre. Su pequeña iba a ser madre, definitivamente, él no estaba preparado para ello. A decir verdad, nunca se estaba preparado para nada en la vida, él todavía veía a su hija como si fuera una bebita, y la realidad lo golpeaba con que su bebita tenía un bebito creciendo en su interior.

Pamela se unió a la caricia de Alfredo y tocó el vientre de su hija, le parecía increíble todo lo que estaba sucediendo. Estaba maravillada, conocía a su hija, el ser madre era un anhelo que se había difuminado el día que le diagnosticaron a Isidora que tenía ovarios poliquísticos.

—Es una maravilla, hija… —celebró Pamela, y luego miró al causante del milagro—. Manuel… déjame abrazarte, hijo. —Abrazó a Manuel con cariño y gratitud—. Sigue haciendo feliz a mi hija, no le falles nunca.

—Nunca lo haré, Pamela… amo a Isi, ella es mi vida completa —prometió con convicción

Alfredo tomó el lugar de Pamela y abrazó con sonoras palmadas en la espalda a Manuel, dándole a entender silenciosamente la felicidad que lo embargaba.

—Ni se les ocurra enseñarle a mi futuro nieto me diga «abuela», o aquí arderá Troya, ¿estamos? —Pamela amenazó de manera tácita a su hija y a su yerno. Estaba emocionada, su hija al fin era feliz, Manuel era el hombre que le había devuelto las ganas de vivir a Isidora.

Todos rieron por la ocurrencia de la matriarca. Ese día hubo un motivo más para celebrar, el milagro de la vida y la familia crecía.

# Capítulo 26

*«La verdad triunfa por sí misma, la mentira necesita siempre*
*complicidad.»*

**Epicteto de Frigia**

—¿Estás lista, detective? —preguntó Manuel inquieto. Estaban en el interior del automóvil de Sandro, que estaba estacionado a un par de cuadras del Tribunal de Juicio Oral en lo Penal de Viña del Mar.

—Un poco nerviosa, pero ya falta el último paso. —Una sonrisa débil se dibujó en su rostro—. Vamos, señor Rodríguez, terminemos de una vez con esto.

Bajaron del vehículo, y se dirigieron tomados de la mano al Tribunal. Isidora vestía un anodino traje formal, y su cara se ocultaba tras unos lentes oscuros. Ella optó por vestir de esa manera para pasar desapercibida, parecía una más entre toda esa marea de gente. Tras ellos, y a cierta distancia, se encontraban los detectives que los escoltaban atentos a todo movimiento sospechoso. Manuel tenía los nervios de punta, odiaba la idea de tener que separarse de ella, pero así era el protocolo en el Tribunal. No quería perderla de vista, todavía estaba demasiado fresco el recuerdo de ella que casi muere. Sentía que se le retorcían las entrañas con tan solo rememorar los campos de maíz.

Sin llamar la atención, transitaron por el Tribunal hasta la zona donde se estaba desarrollando el juicio. Isidora, besó en los labios a Manuel para tomar impulso e ingresó sin compañía, previa identificación, a la sala donde se preparan los testigos y peritos. A medida que el tiempo avanzaba, la ansiedad comenzaba a hacer merma en su temple.

Inspiró y exhaló profundo para infundirse tranquilidad. «Relájate, Isi, esto ya lo has hecho millones de veces», se decía a sí misma, «tú puedes, no te hundirán».

El día anterior, Isidora comenzó a repasar y estudiar la copia del informe que fue entregado como prueba al Fiscal a cargo. A medida que leía, se le empezó a refrescar la memoria. Ahora recordaba muy bien cómo trabajó en ese caso, lo sórdida y decadente que era la escena del crimen. El joven Goycolea resultó ser un sádico de primera línea, uno que estaba muy consciente de lo que hacía, pero que en ningún momento pensó en la consecuencia de sus actos. Todas las pruebas regadas en el sitio del suceso, avalaban la hipótesis entregada por el LACRIM de Valparaíso a la fiscalía.

—Su turno, señorita Apablaza —avisó el encargado de la sala.

Isidora, tomó una honda respiración, se levantó de su asiento y dirigió sus pasos a la sala con determinación.

Al entrar, dio una pasada visual a los asistentes al juicio. Ahí estaban sus padres, su hermano, y su cuñada que la saludó con un leve gesto. También estaban José Luis y Susana atentos a todo. En otra parte estaban Libertad que le levantaba el pulgar y le daba ánimos, y Sandro que estaba serio mirando directamente a un punto en particular. Isidora dirigió sus ojos y ahí se encontró con el senador que la miraba como si hubiera visto un fantasma,. Bueno, literalmente, para él, ella era un fantasma. Una jodida aparición de ultratumba que estaba a punto de arruinarlo y enviarlo al abismo del ostracismo político, empresarial y social, y sin contar que estaba la real posibilidad de ser acusado de intento de homicidio, y quizás qué otros delitos. El viejo sintió que si no hacía algo en ese momento todo se iría al tacho de basura, toda su vida dependía en hacer desaparecer a esa mujer infame. El senador no comprendía por qué estaba viva esa maldita, ¡si vio su cuerpo inerte con sus propios ojos!, ¿lo habían traicionado? ¡Imposible! Sacó su móvil y comenzó a escribir mensajes frenéticamente. Su mundo pendía de un hilo.

Isidora no evitó el contacto visual y lo desafió con la mirada, «hazlo, llama a tu contacto para que me mate, ¡hazlo, viejo de mierda!, ¡pídele explicaciones! Húndete aún más en tu océano de mierda».

Manuel, en ese instante entró a la sala y no reconoció a su mujer. Del otro lado, solo había una arpía que asesinaba con la mirada a alguien. No le tomó mucho tiempo darse cuenta de que ese alguien era el senador. Le costó un mundo controlarse y no lanzarse a la yugular del infeliz hijo de las mil putas que lo re mal parió. Inspiró y se quedó de pie en un rincón sin quitarle los ojos de encima a Goycolea padre. El viejo no escaparía.

Isidora se dirigió al estrado y comenzó el procedimiento habitual para declarar. El juez presidente le solicitó que se identificara y le tomó juramento. Isidora juró y respondió a las preguntas de rigor donde se detalla su experiencia y experticia forense. Luego pasó a exponer su informe crudo, científico y detallado. Isidora en su campo era la mejor. Sus declaraciones pocas veces lograban darle oportunidad al abogado defensor que cuestionara alguna parte de su informe.

Una orgía con dos prostitutas habituales de Goycolea hijo, quien estaba hasta el tope de cocaína. Una tercera invitada, también prostituta, pero novata, fue la víctima fatal.

Todo comenzó a las dos de madrugada. Las dos mujeres que eran habituales, conocían el dinero, los gustos y aficiones del joven Goycolea, y no tuvieron problemas en dejarse atar, golpear, hacer tríos, no usar preservativos, emborracharse y consumir cocaína gratis. Una de las condiciones para ser proveedoras de sexo del joven Goycolea, era que ellas debían tener sus exámenes médicos al día, y él por su parte, tenía la decencia de también estar limpio de enfermedades venéreas. Pero la novata, si bien cumplía con la condición, fue más difícil de convencer para acceder a los singulares gustos del cliente.

Sus colegas, supusieron que le agradaba todo el tema de sado, ya que la nueva era ávida lectora de novelas de BDSM, pero claro, al parecer ellas ignoraban que una novela es una cosa, y la realidad es otra. Sobre todo con un sádico real a la usanza de la vieja escuela, que solo busca el dolor ajeno y excitarse con ello. Al hijo de Goycolea le gustaba estar estimulado con coca, y solo bebía agua mineral. Detestaba follar con alcohol en las venas, le embotaba los sentidos y después no recordaba lo bien que lo había pasado.

Las dos profesionales sabían eso y podían manejar la situación para ganarse una buena suma de dinero. Una muy, muy buena suma de dinero. La novata por el simple hecho de serlo se llevó la peor parte. Cuando las otras dos se emborracharon lo suficiente como para estar sin ningún control sobre sus acciones, el hombre se propuso «entrenarla», se obsesionó con ello. Sin que la chica se diera cuenta le dio una buena dosis de burundanga disuelta en agua. Cantidad suficiente como para derribar a un elefante y así poder hacer su voluntad.

La ató, la azotó, la penetró sin piedad… La violó. La pobre mujer estuvo prácticamente consciente de todo, y a la vez, no tenía la fuerza para hacer nada. Se había convertido en un títere humano, carente de hilos y voluntad. El momento cúlmine fue cuando Goycolea introdujo su miembro en la boca de la víctima, hasta llegar al fondo de su garganta, solo para dar un par de fuertes y violentas acometidas y así eyacular. Esto le provocó espasmos a la novata, quien finalmente, vomitó como acto reflejo. Para su mala suerte, Goycolea abandonó en el acto la habitación, dejando a la mujer boca arriba, atada de pies, manos, ahogándose en su propio vómito.

Todo podía ser corroborado con el informe de Servicio Médico Legal, lo poco que recordaban las testigos presenciales, las huellas digitales de Goycolea y de la víctima en el vaso de agua con restos de burundanga, el ADN del semen del hijo del senador presente en todos los orificios de la víctima y en cada mueble de la escena, la alcoholemia, el test de drogas practicado a todos los involucrados. Todas las pruebas eran irrefutables, y aunque Goycolea hijo intentó manipular las evidencias, no fue lo suficientemente rápido ni inteligente para evitar el implacable peso de la ciencia. Reaccionó demasiado tarde para llamar a su papito y que lo ayudara a salir del hoyo.

—Muchas gracias, detective Apablaza —dijo el fiscal complacido con la contundente declaración de la forense—. No tengo más preguntas.

El abogado de la defensa estaba confundido, el padre de su cliente le había asegurado de que no iba a haber ningún perito involucrado directamente con el caso. Esa era la única manera de desequilibrar el testimonio del forense en el contrainterrogatorio, pero ahí estaba la persona que estuvo a cargo de la investigación, y que contaba con una reputación y un currículo impecable. No sabía qué hacer.

—Señorita Apablaza… ¿a qué hora le tomaron el test de alcoholemia a las dos trabajadoras sexuales? —interrogó el abogado con lo primero que se le vino a la mente.

—A las señoritas se les hizo el examen de sangre a las ocho de la mañana aproximadamente. El resultado, como dice el informe, fue de 1,4 gramos de alcohol en la sangre en la señorita González, y 1,5 en la señorita

Ramírez. Índices altísimos, inclusive para haber pasado cuatro horas desde que tomaron la última copa. Ellas aún se encontraban en completo estado de ebriedad al momento de realizarse el examen. Eso nos indica que bebieron tanto, que después de las cuatro de la madrugada ya estaban inconscientes.

«Mierda», pensó el defensor, «tengo que hacer que se contradiga».

—¿Cómo le consta que la víctima se ahogó en su propio vomito a causa del supuesto sexo oral que le practicó a mi defendido?

—Es muy simple, la señorita Ríos, solo había bebido un poco de alcohol, así que ebria no estaba, por lo tanto, el vómito no fue causado por un supuesto estado de intemperancia. En el informe del Servicio Médico Legal tampoco encontraron indicios de alguna intoxicación alimenticia. El informe farmacológico emitido por esta entidad solo encontró altas concentraciones de escopolamina o más vulgarmente conocida como burudanga. No había rastros de semen en el estómago de la señorita como para poder conjeturar que vomitó mucho después de practicar sexo oral. El semen se encontraba mezclado con el vómito pero sin estar degradado por los jugos gástricos de la víctima, eso indica que el esperma fue expulsado poco después al vomitar. También había rastros de semen del señor Goycolea en la nariz, boca y cara de la trabajadora sexual. Según la autopsia, había desgarros y lesiones en la cavidad bucal y garganta de la víctima que indican inequívocamente que fue forzada a tener sexo oral... —Isidora sabía a qué estaba jugando el abogado, siempre intentaban esa estúpida treta.

—Si se supone que mi defendido le practicó sexo oral, ¿por qué la víctima no se defendió? Lo pudo haber mordido.

—Pudo haberlo mordido, usted lo dijo. Pero la víctima estaba drogada, prácticamente lo único que podía hacer era respirar... Toda esa información está en el informe que tiene usted en su escritorio, señor. No intente distraerme.

—Señorita Apablaza, solo aténgase a contestar la pregunta que le formularon —puntualizó el juez presidente—. Señor defensor, si no tiene alguna pregunta que no haya sido contestada con anterioridad por la perito le sugiero que termine con su contrainterrogatorio.

El defensor reprimió el impulso de mirar detrás de él, hacia donde se encontraba el senador. Podía sentir en el espinazo la furia e impotencia del viejo. Revisó sus papeles y miró de reojo a su defendido. Ya no quedaba nada del pendejo manipulador y malcriado. El abogado ahora tenía como cliente a un hombre hundido en la miseria, porque era casi inevitable su condena. No había manera de defender lo indefendible sin ningún tipo de trampa.

—No tengo más preguntas, señor juez —renunció el abogado de Goycolea hijo. Ahora solo debía afirmarse con dientes y uñas a las atenuantes del caso, para que la condena no fuera presidio perpetuo.

Isidora no pudo evitar suspirar, y en ese instante su atención volvió a todo lo que la rodeaba. De pronto tomó conciencia de que el lugar estaba lleno de periodistas sacando fotos a diestra y siniestra. Era fácil saber lo que había pasado. El informe forense había dado el tiro de gracia al hijo del senador. Se fijó en el viejo Goycolea rojo de cólera e impotencia. Probablemente, el infeliz lamentaba más su carrera política y empresarial, que la suerte legal de su hijo.

—Puede retirarse, señorita Apablaza —autorizó solemne el juez, dando por concluida su participación en el juicio oral.

Isidora se levantó, dio una última mirada a todos sus seres queridos y se retiró de la sala. Todavía esta historia no terminaba, pero tenía toda la intención de acabar con ello hoy mismo, de una vez y para siempre. Ya no tenía miedo, porque estaba segura de que esta vez, la suerte estaba de su lado.

# Capítulo 27

«*Los científicos no persiguen la verdad, es ésta quien los persigue a ellos.*»

**Karl Schlechta**

*I*sidora se mojaba la cara con agua fría en el baño público del Tribunal. Necesitaba despejarse un poco y sacudirse las emociones vividas en la sala donde prestó su declaración.

Se miró al espejo, su rostro reflejaba cansancio, pero en el fondo, sentía una enorme satisfacción por poder lograr su objetivo, el cual era terminar lo que había empezado. Daba lo mismo si era el hijo del senador o solo un delincuente común, para ella, todos los casos eran igual de importantes. Pero este en particular, le dejó en la boca un sabor agridulce.

El lugar estaba inusualmente vacío, cosa que le pareció bastante rara e incómoda a Isidora, se sintió inquieta. Sacó una toalla de papel del dispensador y se secó la cara y las manos.

—Usted y yo tenemos un asunto pendiente, señorita. —Isidora reconoció aquella flemática, repugnante y cínica voz. Goycolea.

Isidora se irguió y levantó la barbilla con altanería, no le iba a demostrar debilidad, aunque en el fondo hubiera un atisbo de temor que le recorría cada terminal nerviosa de su cuerpo.

—Yo no tengo asuntos pendientes con nadie, y menos con usted, señor —enfatizó arrogante.

—¿No?, yo creo que usted no entendió la parte de colaborar con nosotros. ¿Acaso no fue suficiente lo que ya ha vivido? Su infierno puedo hacerlo peor. Se lo aseguro como que me llamo Julio Goycolea.

—¿Qué pretende ahora?, ¿amenazarme de nuevo?, ¿va a mandar a otro sicario para que me elimine? —interpeló altiva.

—Pues ese error no lo cometeré dos veces, señorita...

—No sea cobarde, señor, y no ande con indirectas —interrumpió—. ¡Dígalo!, ¡dígalo con todas sus letras! —desafió arrogante.

—Usted, y toda la gente que la rodea pagará muy caro por su inconciencia. ¡Y verá en primera fila como cada uno de ellos muere en frente de sus ojos! Se lo doy firmado. Usted no morirá —afirmó cínico—, la dejaré viva para que se revuelque en la miseria de ser la culpable de sus muertes. Me aseguraré que sean lentas y dolorosas. ¡Morirán maldiciéndola y usted lo presenciará todo! —aseguró beligerante y muy convencido de que sus planes se llevarían a cabo.

El senador golpeó la puerta un par de veces y un hombre enorme y vestido de negro entró al baño, serio, implacable. Tal vez era su guardaespaldas personal, supuso Isidora, o a lo mejor, el senador tenía su sicario de reserva. El tipo avanzó a paso firme y con frialdad la tomó de la muñeca derecha y casi le disloca el hombro cuando le torció el brazo, y lo llevó hacia su espalda. Su agarre era férreo y le estaba empezando a cortar la circulación de la sangre. El primer impulso de Isidora fue defenderse, deshacerse de esa llave y darle un certero golpe para dejarlo hecho un ovillo a ese mastodonte, pero no lo hizo...

Una sonrisa triunfal se dibujó en el rostro de Isidora.

—¡Julio Goycolea Zegers!, queda usted detenido por intento de homicidio calificado en contra de la señorita Isidora Apablaza. —Irrumpió en el lugar el Comisario Torres con un vozarrón lleno de autoridad. Lo escoltaba el fiscal a cargo y cinco detectives que ingresaron al baño, quienes rápidamente esposaron al mastodonte que miraba con cara de pocos amigos al senador—... amenazas reiteradas, asociación ilícita, intento de soborno a funcionario de Policía de Investigaciones, secuestro, homicidio calificado de Gustavo López, soborno a funcionario de Policía de Investigaciones...

—¿Pero qué es esto?, ¿Qué significa?... yo no he... —balbuceó el senador confundido, e incrédulo. Esto no podía estar pasando. ¡No era posible!

—Tiene el derecho a guardar silencio —prosiguió el Comisario Torres ignorando y esposando al senador de manera profesional—. Cualquier cosa que diga puede... —Sonrió levemente y luego recalcó—, y será usada en su contra en un tribunal de justicia. Tiene el derecho de hablar con un abogado. Si no puede pagar un abogado... —«Cosa que lo dudo», pensó él—, se le asignará un defensor por parte del estado.

—¡No me pueden arrestar!, ¡soy un senador de la república! —vociferó iracundo el viejo Goycolea, expulsando saliva como si fuera un perro rabioso, resistiéndose al arresto—. ¡Esto es ilegal!, ¡quítenme las manos de encima!

—Tengo una orden, y esto es muy legal, señor honorable —aclaró el Comisario, con un sabor dulce en la boca. Este era un momento épico que recordaría toda su vida y que marcaría un antes y un después en su carrera profesional. No era la primera vez que se enfrentaba al senador, pero en esta ocasión, la rata de cuello y corbata no podría escapar—. Además, tenemos pruebas, mucho más contundentes que la última vez. Creo que su difunto amigo no tenía pensado pasar al otro mundo con un montón de pruebas en su contra. No querrá agregar a los cargos imputados la resistencia al arresto.

Isidora con una actitud victoriosa sacó de su bolsillo una grabadora de bolsillo, y comenzó a reproducir una y otra vez, «… ¡Y usted verá en primera fila como cada uno de ellos muere en frente de sus ojos! Se lo doy firmado… ».

—De esta no se va a escapar, senador —murmuró Isidora.

El lugar, en cuestión de segundos, se llenó de gente. Como moscas a la miel se apiñaron en el lugar periodistas ansiosos por obtener una primicia. Nadie imaginó que algo así iba a pasar. Era de locos la situación, y nadie entendía nada de nada.

Julio Goycolea, sabiamente, optó por renunciar a su derecho de decir estupideces y se quedó callado. Esta vez la había cagado hasta el infinito y más allá. En su fuero interno, sabía que esta vez, no tendría escapatoria.

Los minutos transcurrieron veloces para Isidora y muy lentos para el senador. Salir esposado desde el Tribunal fue un verdadero y humillante vía crucis; cámaras, micrófonos, grabadoras, preguntas, despachos en directo, conmoción política y periodística. Todo eso ocurrió en menos de media hora. La media hora más larga de toda la vida de Julio Goycolea.

Isidora estaba en el hall de entrada del Tribunal y miraba todo desde lejos, su trabajo ya estaba hecho, y por fin pudo respirar tranquila, no tanto como quisiera pero, definitivamente, eso era mucho mejor que nada. Era probable que el viejo no intentaría hacer algo contra ella desde el interior de la cárcel, iba a estar demasiado ocupado intentando salvar su pellejo, y lo más seguro, era que por un buen tiempo, lo iban a tener incomunicado como medida cautelar. Ya había pruebas suficientes para comprobar que el viejo con un teléfono celular y un computador era más peligroso que un mono con navaja.

Manuel, llegó al lado de ella en cuanto todo el mundo se fue tras el senador. La tomó de la mano y se la apretó levemente.

—¿Todo bien? —preguntó él, mirando el hervidero de gente que no permitía que el senador entrara en el vehículo de la PDI. Abrazó a Isidora y ella respondió al contacto apoyando su cabeza en el hombro de él.

—Sí, todo está bien ahora. —Suspiró—. ¿Los demás dónde están? —preguntó preocupada.

—Ya vienen, querían evitar a los periodistas, por si acaso —aclaró para tranquilizarla. Manuel sabía que Isidora no estaba del todo en paz, esperaba que esa sensación desapareciera con el tiempo.

Un par de minutos después, Sandro y Libertad se unieron a la pareja, venían abrazados y una sonrisa de satisfacción les iluminaba el rostro. Estaban muy contentos por la forma en que se desarrollaron los eventos.

—¿Tienes todo grabado, Sandro? —preguntó Isidora sin dejar de mirar el espectáculo.

—Por supuesto. Todo funcionó a la perfección —respondió Sandro. Él también no podía dejar de mirar el despliegue policial, la escena que se desarrollaba era hipnótica—. Enviaré el video a la PDI de Rancagua. El Comisario Torres no se confía de las grabaciones de audio, es mejor tener imágenes.

—Sí, es mejor así, «capturado en video» —concordó Isidora.

—¿Quién quiere celebrar? —propuso Libertad—. Hay motivos de sobra, ¿o no? —interrogó levantando las cejas con una sonrisa ladina—. La pesadilla terminó y además… Tú no eres la única que ha encargado un bebé a Paris.

Isidora miró a Libertad sorprendida y contenta, en el fondo, lo sabía. Abrazó a su amiga y luego a Sandro dándole sus felicitaciones. Estaba feliz por ambos, aquella noticia era la guinda de la torta de buenas nuevas. Manuel por su parte, también le dio sus parabienes a la pareja de manera efusiva, a ambos les tenía mucho cariño. Ese par, eran amigos incondicionales, de esos que rara vez te los encuentras en la vida.

Manuel estaba muy entusiasmado, al fin podía estar mucho más tranquilo y en paz... Bueno, ni tanto. Le pediría a Ángel su contacto para ponerle GPS a los zapatos de Isi... Por si las moscas.

Después, llegó la familia de Isidora para reunirse con ella, la abrazaron largamente, todo había llegado a buen término. En ese lugar, donde la mayoría encuentra su condena, Isidora había alcanzado su tan ansiada libertad, y su vida volvería a ser la misma de antes. Eso era lo que más ansiaba, que todo retomara el curso normal desde el día anterior al accidente.

—Yo muero de hambre, ¿quién dijo colesterol? —preguntó Manuel contento—. ¡Yo invito!

—¡Yo! —contestaron todos al unísono.

Era evidente, a todos les había vuelto el alma al cuerpo y el apetito.

# *Capítulo 28*

*«Sanar es una cuestión de tiempo, pero también es una cuestión de oportunidad.»*

**Hipócrates**

«*A*rrestado el Senador Julio Goycolea», proclamaba un extra de televisión.

«#EscándaloCriminal», era la tendencia en Twitter.

«Terremoto político», titulaban los diarios.

«Julio Goycolea incomunicado», fue la noticia al día siguiente.

«Senador con medida cautelar de prisión preventiva en el anexo Capitán Yáber, al interior de la cárcel de Alta Seguridad», era las últimas novedades desde el juzgado de garantía de Rancagua.

«Goycolea expulsado de su partido político», fue el «apoyo» unánime de sus compañeros en las jornadas sucesivas.

«Senador Goycolea desaforado del Congreso Nacional», el clamor popular no se hizo esperar e hizo eco en el poder legislativo.

«Julio Goycolea dimite de su cargo», el viejo no tenía escapatoria, la presión lo orilló a tomar la decisión.

«Arriesga de quince años a cadena perpetua», la posible condena ya no era una mera especulación.

«Goycolea hospitalizado grave por puñaladas recibidas al interior de su celda. No hay sospechosos», anunciaba el conductor de las noticias matinales.

Todos los días, en televisión, radio, redes sociales y portales de noticias en internet, informaban a todo el país los pormenores del escándalo político del siglo. Isidora no podía evitar ver o leer las novedades del caso. Debía reconocer que era un poco morbosa por conocer el destino que se labró el viejo Goycolea y casi sentía lástima por él... casi.

Toma chocolate y paga lo que debes.

Isidora y los demás prestaron declaración todas las veces que fueron necesarias, y por la contundencia de las pruebas, el juez dio solo seis meses de investigación. Las primeras semanas habían periodistas a la salida de su trabajo, en el edificio donde vivía, e incluso se apostaban cerca del departamento de Manuel. Situación que para Isidora era completamente ridícula, así que, con sabiduría, optó por salvaguardar el poco anonimato que tenía y decidió no dar entrevistas, comentarios o declaraciones. Solo abriría su boca ante un fiscal o juez y nada más. Los trabajadores de la prensa al notar que no podrían sacar nada de ella, paulatinamente fueron desapareciendo, dejando en el olvido la existencia de Isidora.

Como una bola de nieve que se agigantaba a medida que rodaba, la justicia, la presión política y social, fueron enterrando a Julio Goycolea. En todas partes los titulares de las noticias eran lapidarias. Incluso el crimen de su hijo pasó a segundo plano, pues cualquier cosa que surgiera sobre el viejo senador era más jugosa para reventar el rating. A nadie le importó que al joven Goycolea lo encontraran culpable y fuera condenado a quince años de prisión efectiva.

—Detective Apablaza, hay que ir a La Pintana, hubo un incendio... de nuevo —informó un compañero de labores a Isidora con voz cansina—. El fiscal quiere que nos presentemos en el lugar.

—Voy ahora. —Isidora, cerró el sitio de noticias y bloqueó su móvil—. ¿Hasta cuándo el fiscal nos va a enviar allá?

—Hasta que encontremos al culpable del caso de la rata muerta.

—¡Aiiish! —Isidora puso los ojos en blanco, estaba harta—. Esa estúpida rata arruinó todo y le dio ideas al imbécil que estaba haciendo quitadas de droga—. Ojalá el culpable haya dejado alguna evidencia que sea útil esta vez.

—Ojalá… oye, ¿tu marido no es bombero en ese sector?

—Sí, pero es voluntario, así que no tengo idea de si fue para allá o no… y todavía no es mi marido —recalcó.

—Pero si el otro día que vino a buscarte dijo que…

—Es su costumbre —interrumpió—, pero no veo ningún anillo —puntualizó mostrando su dedo anular derecho—, ni tampoco ha hecho una propuesta decente. Así que técnicamente, todavía —subrayó—, no es mi marido.

—Todavía —repitió su colega divertido—. Ese huevito quiere sal, compañera.

—Ese hombre quiere todo el kilo, mi estimado camarada. —Sonrió con suficiencia.

Su compañero rio de buena gana, Isidora ya no era la misma persona que había llegado, hacía unos meses, al LACRIM de Santiago. No quedaba nada de esa mujer huraña y cascarrabias que nunca daba pie para hablar de su vida o de intentar congeniar con sus compañeros más allá del plano profesional. Ella ahora compartía, bromeaba y se mostraba tal cual era. Ya no necesitaba esconder a su verdadera yo a los demás. La vida era demasiado corta como para amargarse el pepino de gusto.

Todos sus colegas sentían un profundo respeto y admiración hacia Isidora, por todo lo que había sucedido entre ella y el senador. Se había convertido en una especie de símbolo de la probidad incorruptible de la fuerza de la Policía de Investigaciones. Pero Isidora no se creía el cuento, siguió trabajando con el mismo entusiasmo e imparcialidad de siempre, al fin y al cabo, ella adoraba su trabajo.

Isidora estaba agachada buscando más evidencias en lo que quedaba de la casa. Esta vez se trataba de una bastante grande y el fuego no había alcanzado a consumir todo. El difunto no se quemó por completo y todo indicaba que hubo una pelea al interior, eso se deducía por el desorden del sitio del suceso y la posición del cadáver. Ella ya estaba casi lista con la inspección del lugar. Solo le faltaba echar un ojo debajo de unos muebles.

—¡Por la cresta! No se ve nada acá... necesito mi linterna —blasfemó molesta por la falta de luminosidad del lugar. Comenzó a buscar entre sus cosas y casi al instante Isidora recordó que la había perdido, pero no sabía cuándo—. Mierda no la tengo...

—¿Se le perdió algo, señor?

Isidora cerró los ojos, esa voz... esa estúpida y sensual voz... Manuel, ¿qué hacía en la escena?, no debería estar ahí. Se dio media vuelta y notó que él estaba detrás del área acordonada, todo sucio, sudoroso y vestido de bombero. Isidora sintió que cierta parte de su anatomía empezó a palpitar frenéticamente, poniéndola en una situación bastante húmeda e incómoda. Malditas hormonas, lo veía y le daban ganas de violarlo sin piedad.

—No soy «señor» —increpó seria mirándolo a los ojos.

Manuel sonrió, le encantaba ese pequeño juego que estaban llevando a cabo. Por algún motivo que no comprendía —ni le interesaba comprender—, le excitaba ver a su mujer trabajando en ese ridículo traje espacial que parecía más de la NASA que de un forense.

—Lo sé, solo lo hago por hincharle los ovarios, detective. No sea enojona.

—Ya tengo otras partes bastante hinchadas en este momento, y principalmente es por tu culpa. —Con su dedo índice apuntó su vientre

—No he recibido quejas por parte suya respecto a ello, sino más bien me ha dado jadeos y gemidos de éxtasis —replicó socarrón.

—¿Qué haces acá, Manuel? —interpeló Isidora ignorando su comentario e intentando ocultar lo mucho que le afectaba verlo así. Si él se daba cuenta lo mucho que la excitaba, era capaz de tomarla y hacerle el amor en ese mismo lugar, y por el bien de la investigación, no convenía darle alitas.

—Soy voluntario, andaba por el sector industrial de la comuna y pasé a ayudar… ¿hay algún problema con eso, detective? —respondió con ese grave y sexy tono de voz que usaba para sacarla de sus casillas.

—No, supongo que no. ¿Estás ahí esperando a que yo termine para que puedas hacer tu informe técnico?

—Bueno, sí y no… vine porque veo que te hace falta… —Tanteó sus bolsillos y luego sacó un objeto metálico que ella no logró identificar—. Esto… —Él con su sonrisa mega especial baja calzones, le hizo el ademán para que Isidora se acercara a recibir lo que tenía entre manos.

Ella caminó hasta donde se encontraba él y ofreció la palma de su mano para que depositara lo que Manuel quería entregar. Dejó caer una linterna de bolsillo, la que ella había perdido sin querer. Estaba segura de que él la tenía desde aquel día en que se conocieron. Parecía que habían pasado siglos desde ese entonces.

—Así que tú has tenido todo este tiempo mi linterna —acusó levantando una ceja—. Eres un sinvergüenza, Manuel Rodríguez —bromeó Isidora sonriendo dichosa y asombrada, ese hombre siempre lograba darle sorpresas.

—Ehhhhh, sí, pero solo contigo. Las demás *peucas* ya no existen para mí, soy un hombre de una sola mujer. —Guiñó un ojo con una sonrisa seductora—. Nos vemos en más rato, detective, y no te esfuerces demasiado. Tienes que cuidar a las pepitas.

—No te preocupes, Manu. Las pepitas están seguras.

Cuando Isidora se hizo la primera ecografía, grande fue su sorpresa al enterarse de que no esperaban solo un hijo, si no que dos. Gemelos para ser más exactos. A Isidora casi le dio un patatús y a Manuel la noticia le gatilló un instinto de protección nivel «estaré encima tuyo todo el tiempo aunque no te guste», que intentaba controlar a toda costa, porque Isidora insistió en hacer su vida normal, «¡estoy embarazada, no inválida por la misma flauta!», decía ella.

—Bien me parece, cuídelas mucho... ¡ah!, y revisa la mano del difunto... la que no está chamuscada —indicó mientras se retiraba del lugar haciendo un gesto de despedida con la mano—. Adiosito.

—Nos vemos... —se despidió quedando con la palabra en la boca un tanto desconcertada.

Isidora resopló, quizás qué vio Manuel cuando estuvo extinguiendo el fuego. Se dirigió hacia el lugar donde estaba el fiambre a medio rostizar y revisó nuevamente sus manos, poniendo énfasis en la que le había indicado él.

La mano estaba empuñada y el rigor mortis ya estaba haciendo lo suyo en las extremidades del difunto, pero aún no estaba del todo rígida. Isidora con poco esfuerzo abrió los dedos de a uno y descubrió que tenía un mechón de cabello en perfecto estado de conservación, seguramente eran de su atacante, y por ende, del autor del incendio.

—¡Eureka! —Tomó la muestra como si fuera un tesoro de valor incalculable—. ¿Cómo mierda lo supiste, Manu? —se preguntó Isidora intrigada y a la vez contenta porque teniendo ADN sería más fácil identificar en el futuro al delincuente.

Manuel e Isidora, después del arresto del ex senador decidieron vivir juntos. Les era imposible estar separados por mucho tiempo, pues se extrañaban en demasía aquellos días en que no se veían, y a la vez, todavía estaban presentes las secuelas emocionales. A él le era difícil deshacerse de la sensación de que la vida de ella corría peligro constantemente, a pesar de saber que el viejo estaba más preocupado de salvar su viejo y huesudo trasero —literalmente— que de obtener su *vendetta*.

A ambos les costaba relajarse del todo. Auqnue no quisiera reconocerlo, siempre estaban alerta. Algún día podrían reírse de aquello… hoy, era más bien complicado.

El embarazo de Isidora se desarrollaba con normalidad, una que otra molestia, pero nada del otro mundo. Lo que sí era de otro planeta era la libido de ella. Necesitaba su cuota de Manuel casi todos los días, cosa que él estaba encantado de entregar de manera desinteresada. «Todo sea por el bien de las pepitas. Si su mamá está feliz, las pepitas también», solía decir él. Claro, tremendo sacrificio que hacía, como si a él no le gustara poco la cosa.

Era la una de la tarde, e Isidora ya había terminado con su labor en esa escena. Se quitó el mameluco espacial que usaba para tomar las muestras y se fue en busca del ese hombre irritante y de voz sensual. Pero él no estaba por ninguna parte, el carro de bomberos ya se había ido del lugar y, probablemente, Manuel se había marchado con ellos al cuartel.

Suspiró decepcionada, y se dirigió a uno de los vehículos institucionales para volver a las dependencias del Laboratorio de Criminalística. Tenía un hambre feroz, y le sonaban las tripas sin cesar. En cuanto llegara a la central se iba a zampar lo primero que fuera comestible.

Su móvil vibró en su bolsillo, Isidora miró la pantalla y había una notificación de un mensaje de Manuel. Deslizó el dedo para desbloquear la pantalla y sonrió al leer...

«*Almorcemos en el carrito de completos de "La Vieja Cochina", está en la esquina de Cruzeiro con Bolívar. Te espero*»

A Isidora se le iluminó el rostro, tanto por verlo, como por la idea de comer antes de lo esperado, así que avisó a su superior que almorzaría con Manuel ahí cerca y que volvería por sus propios medios al laboratorio.

«Voy en camino, estoy cerca. XOXO», fue el mensaje de respuesta de ella.

Isidora caminó un par de cuadras y llegó al lugar indicado. Más que carrito, era una especie casa rodante con lo necesario para preparar completos, estaba reluciente y a todas luces, era un lugar muy higiénico. Ahí estaba Manuel, conversando animadamente con la única persona que estaba atendiendo; una señora de unos cincuenta años y entrada en carnes, pero muy bonita. Cuando él la vio acercarse, sonrió, cada día la encontraba más preciosa.

—Hola, Manu. —Lo besó fugaz en los labios—. Pensé que te habías ido al cuartel.

—Si me fui. Me bañé a la rápida y volví. Supuse que tendrías hambre, y la señora, aquí presente, tiene los mejores completos de Santiago. ¿No es así, señora Mari?

—¡Ay, *uste*!, las cosas que dice —dijo la señora Mari nerviosa como quinceañera. Era el efecto Manuel—. ¿Qué se van a servir?

—Un completo italiano... con muucha palta, por favor —pidió ella.

—A mí también, pero con menos palta que ella, la ración normal, señora Mari.

La mujer comenzó a preparar lo solicitado con afán. Un completo italiano no era más que un simple *hot dog*, pero lo que lo hacía diferente eran los ingredientes. Aparte del pan y la salchicha, también tenía tomate picado en cuadritos, y palta molida con sal, todo ello aderezado con mayonesa y mostaza. Una combinación muy deliciosa. Algunos le echan kétchup también, pero tanto Isidora como Manuel detestaban el sabor dulzón de esa salsa en un italiano.

En cuestión de minutos, estaban servidos los completos, listos para ser devorados. A ambos se les hizo agua la boca y comenzaron a comer sin mediar palabras.

—¿Cómo supiste lo de la mano? —preguntó Isidora a Manuel, después de haber tragado un par de mordidas a su alimento.

—Lo adiviné —reconoció él encogiéndose de hombros—. No me digas que sí tenía algo en la mano —dijo sorprendido.

Isidora rio a carcajadas, ya estaba pensando que Manuel tenia poderes mentales o algo así y en realidad él solo estaba fanfarroneando.

—Es un secreto, no puedo compartir esa información contigo. —Y continuó riendo. Manuel también se contagió y terminó riéndose de la situación. En momentos así no importaba nada más, eran felices los dos con las cosas simples de la vida.

La señora Mari los observaba, le gustaba ver a una pareja que se notaba que se llevaba bien, era raro ver gente así. En ese barrio, las personas no se caracterizaban por ser tranquilas o amorosas, ahí reinaba la violencia en todas sus formas. Era un poco deprimente esa faceta del lugar. Se notaba que no eran del sector por la forma en que vestían y como se expresaban, pero se sentía cómoda con ellos, eran humildes, no la miraban en menos, la trataban con respeto e igualdad.

La risa de ambos de pronto se vio interrumpida por el sonido del televisor que estaba en un extremo del carrito. Había estado encendido todo el rato, pero les llamó la atención la espantosa música de un extra de noticias.

*«Interrumpimos la programación para dar una noticia de último minuto. Nos encontramos a las afueras de la Clínica Las Condes, donde nos acaba de llegar la información del fallecimiento del ex senador de la república, Julio Goycolea. El deceso ocurrió en horas de la mañana, a causa de las heridas corto-punzantes, recibidas hace dos días al interior del anexo de la cárcel de alta seguridad. Cabe señalar, que aún no se encuentran sospechosos del hecho, pero ya se están realizando las pesquisas necesarias para dar con el o los culpables. Eso es todo, seguiremos informando...»*

Manuel e Isidora estaban anonadados e incrédulos de lo que estaba sucediendo. A ella se le cayó el completo de la mano de la impresión y a Manuel se le había olvidado seguir masticando por unos instantes y luego tragó con dificultad.

Se suponía que las cosas no deberían ser así. Isidora no sabía si la muerte prematura era un premio o un castigo para el senador. Manuel la miró e intuyendo el dilema de ella, la abrazó.

—Puede sonar feo lo que voy a decir, Isi —le dijo con un tono contenido y pausado, sin dejar de abrazarla—. Pero, ahora, en este preciso instante, puedo estar tranquilo. Ya nunca más estará la sombra de ese infeliz sobre tu vida. No sabes cuánto me alegra que este tipo ya no respire el mismo aire que tú.

Con aquellas palabras, Isidora se dio cuenta de aquello. Que fuera un premio o un castigo daba lo mismo. La amenaza ya no existía; ni para ella, ni para los suyos... y eso era impagable.

La tranquilidad de vivir en paz, era algo que no tenía precio.

# Capítulo 29

*«Si deseas ser amado, ama.»*

**Séneca**

 *T*res meses después...
—Entonces, ¿quieren saber el sexo de este parcito? —preguntó el ginecólogo mientras miraba la pantalla buscando el ángulo correcto en el vientre abultado de ella.

Manuel interrogó a Isidora con la mirada y ella asintió en silencio, apretándole levemente la mano. Isi siempre se emocionaba hasta las lágrimas cuando veía a sus pepitas moverse dentro de ella, le costaba hablar durante esos exámenes de rutina.

—Sí, doctor. Queremos saber —confirmó él.

—Bien, veamos si esta vez se quieren dejar ver... —El doctor siguió buscando hasta encontrar un indicio fiable—... Ahí se mostró... mmm parece que sí... son niñas, ¡felicidades!

—¡Es maravilloso! ¡Son niñitas! —exclamó Manuel y luego miró a Isidora con adoración—. Me debes un sí, detective.

Isidora no sabía si Manuel estaba más contento por esperar un par de niñas o por la expectativa de lo que significaba la palabra «sí» por parte de ella. Se le había olvidado por completo la apuesta que había hecho con él. Si eran niñas, ella se casaría con Manuel lo más pronto posible, y si eran varones… lo seguiría pensando.

Isidora se encogió de hombros, ¡qué más da!, de todos modos le iba a decir que sí independiente del sexo de sus pepitas de manzana.

—Sí, Manu…

Manuel no dejó que ella dijera más y la besó con pasión. Estaba ansioso por escuchar esa pequeña palabra saliendo de los labios de ella. Había esperado demasiado tiempo para su gusto.

—Te amo, Isi… —dijo con la voz cargada de emoción, al fin sería su mujer ante la ley.

—No más que yo. —Y se volvieron a besar con fervor.

El doctor tosió incómodo, para que la pareja dejara el espectáculo de lado. Pero ellos lo ignoraron…

Tres semanas después, Manuel e Isidora se casaron en una sencilla ceremonia civil en la casa de los padres de ella. Los novios lo decidieron de esa manera, nada de bodas religiosas rimbombantes. Prefirieron ver el lado práctico y destinar la millonada que se gasta en una boda en todo lo alto, en algo más permanente y tangible. Una casa con espacio suficiente para la futura familia.

Isidora estaba vestida con un sencillo vestido de gasa color marfil, de corte imperio. Se veía como una diosa griega de la fertilidad, etérea, frágil y fuerte a la vez. Cuando entró al salón por primera vez, todos quedaron impresionados de lo hermosa que se veía, probablemente era por la felicidad que irradiaba por cada poro de su piel. Manuel, que esperaba a su novia, vestido de manera formal, de traje y corbata azul marino confeccionado a la medida, quedó embobado cuando la vio.

Estaba maravillado por el milagro de vivir ese momento con ella.

A Isidora y a Manuel, nada ni nadie, les podía quitar la sonrisa de sus labios.

Si bien la ceremonia civil no es más que la escueta celebración de un frío contrato para unir a dos personas oficiada por una autoridad del Registro Civil, la pareja, quiso hacer algo especial para compartir con sus familias y amigos en el momento del brindis de los novios. Acordaron contar un secreto, uno que pudieran divulgar, claro está.

Manuel hizo tintinear su copa con su nueva y reluciente alianza de oro para llamar la atención de los invitados y tomó a Isidora de la mano. Iban a brindar.

—Hola a todos... —saludó un poco nervioso—. Gracias por acompañarnos este día... ustedes saben que queríamos algo simple, pero no por eso, menos importante. Por eso voy a... —sacó un papel de su bolsillo lo leyó un par de segundos, y lo guardó—. Decir... contarle a Isi, ante todos lo siguiente... —Miró a su esposa a los ojos y se perdió unos segundos en sus hermosos iris verde azulados—. Isi, ¿sabías que la noche del seis de septiembre del año pasado vi una estrella fugaz? —Isidora abrió los ojos asombrada, lógicamente, esa historia no la conocía—. No sé porqué miré al cielo esa noche, pero lo hice... estaba solo. Era la primera vez que veía una, por eso recuerdo bien qué día fue exactamente... En fin, al ver esa estrella cruzando el firmamento no pude reprimir el impulso de pedir un deseo... Yo deseé, desde el fondo de mi corazón, conocerte. Ya no quería seguir estando solo. Mi vida era rutina vacía... estaba metido en un hoyo del cual no podía salir... —Miró de soslayo a su hermano, José Luis, que sonreía con suficiencia, pues al fin Manuel le daba la razón—. Quería una mujer de verdad a mi lado, fuerte, independiente, que se hiciera valer, segura, libre, que fuera capaz de entregarse por completo, pero que también me necesitara... que me amara, y que me dejara amarla… que se apoyara en mí, sin dejar de ser ella… y apareciste tú… —Manuel sentía un nudo en su garganta, le estaba costando hablar de la emoción. Isidora estaba a punto de llorar de lo feliz que era—… llegaste a mi vida un día cualquiera, en el lugar menos esperado y ya no fui capaz de dejar de pensar en ti. Creo que te amé en el momento en que me dijiste «señor húsar de la muerte». —Todos rieron, Isidora se ruborizó al recordar—. Isi, eres todo lo que deseé y mucho más de lo que merezco. Te amo, soy feliz por haberte conocido, y gracias por darme el regalo más importante de mi vida… una familia. —Chocó su copa con la de ella, y la besó con ternura y devoción—. A tu salud, mi vida. Te amo —susurró solo para ella.

—Lo sé, yo también te amo —replicó en voz baja.

Todos aplaudieron emocionados por la declaración de Manuel, era un día que no volvería a repetirse, así que se podían permitir sentir todo a flor de piel. El amor estaba en el aire y nadie moriría por sobredosis de felicidad.

Isidora bebió un sorbo de jugo de su copa, y luego la golpeó con su alianza de oro… era raro volver a sentir un anillo en su dedo anular, pero sabía que esta vez nunca más volvería a quitárselo. Aclaró un poco su garganta y todos guardaron silencio. Ahora era su turno.

—Gracias a todos por estar con nosotros. —Se acarició el vientre y sintió a sus pepitas moverse—. ¡Uy!, se movieron las pepitas. —Todos rieron—. También están contentas este día… —Tomó la mano de su esposo, y la acarició con su dedo pulgar—. Manu, tú no fuiste el único que pidió un deseo esa noche… ¿Te acuerdas, Leo? —Miró a su hermano que estaba cerca y le sonrió—. Esa noche yo estaba celebrando mi cumpleaños. En realidad no iba a pedir nada al soplar las velitas de mi pastel, hasta que el Petardo me dijo que pidiera un deseo… y sin más lo hice… ¡mira cómo es la vida!, yo quise lo mismo que tú. —Esbozó una sonrisa para reprimir un poco las ganas de llorar de emoción—. De hecho, estaba igual que tú, sola y sin ganas de vivir de verdad. No sé si fue el destino o la casualidad, pero nuestros corazones desearon lo que más anhelaban, esa misma noche, al mismo tiempo... y luego... —Sonrió, con una lagrima rodando por su mejilla—... apareciste tú, con tu estúpida y sensual voz. —Manuel rio, Isidora siempre le decía lo mismo—. Me hacías enojar, me presionabas, me coqueteabas... Me obligaste a replantear mi vida, a volver a sujetar las riendas y a tomar lo que quería... y te quise a ti, a nadie más que a ti, porque eras tú lo que siempre deseé... y más. Te amo, mi paciente y tenaz Manuel Rodríguez. Gracias por devolverme a la vida y por demostrarme que los deseos se vuelven realidad. ¡Salud!

—¡Salud! —Todos alzaron sus copas y brindaron por ellos, por la nueva familia. Estaban todos contentos por volver ver a quienes amaban ser completamente felices.

La celebración siguió su curso, todos conversaban animados, y reían. Era una reunión singular que se daba pocas veces, por eso Manuel e Isidora disfrutaron hasta la última gota de la velada, porque estaban con quienes amaban y eran importantes para ellos, cada persona presente tenía alguna historia que contar.

—Y ahí estaba la Isi —relataba Leo a Manuel y a Jesu—, con las rodillas ultra peladas gritando exagerada «¡no puedo caminar, no puedo caminar!». No sabía si se había rasmillado o se había quebrado las piernas, porque mi mamá tenía que tomarla en brazos para moverla de un lado a otro. La Isi apenas caminaba, y cuando lo hacía, se parecía a Forrest Gump usando aparato ortopédico. Mi papá la molestaba diciéndole, «¡corre, Forrest!, ¡corre!», y ella se ponía roja y lloraba enojada. Dos semanas le duró el *show* de las costras en las rodillas. Hasta que mi mamá le dijo que si no cortaba el escándalo, no volvería a dejar que toqueteara las pechugas.

—¿Tan grande y todavía le manoseaba las pechugas a tu mamá? —preguntó Manuel divertido.

—Hasta los trece años —susurró Leo, como si fuera un secreto de estado—. No le digas que te lo dije...

—Soy una tumba. —Manuel, reía, se imaginaba a Isi de niña exagerando por sus peladuras en las rodillas, y haciendo pucheros por la amenaza de Pame. Ella no le contaba ese tipo de cosas, así que su cuñado era una fuente inagotable de anécdotas.

—Leo, ahí viene la Isi —advirtió Jesu disimuladamente, porque le encantaba escuchar las historias de niños de su cuñada.

Isidora se acercó amenazante, porque reconocía la cara de su hermano cuando contaba algo de ella de la época que era niña, así que se unió a la conversación.

—¿Qué estas divulgando, Petardo? —interrogó Isidora sin anestesia y directo al hueso.

—Nada, Harry —mintió—, ¿cierto, cuñado? —Manu asintió dándole apoyo a Leo—. Hablábamos del clima, del trabajo y esas cosas.

—No sé, pero no te creo nada... cuidadito tú, te tengo en la mira, Petardo.

—¿Por qué le dices Petardo a Leo? —preguntó Jesu inocente e intrigada, tentando a Isidora a irse de lengua.

A Leonardo se le descompuso la cara, e Isidora sonrió maliciosa.

—¿Así que mi hermanito no te ha contado la historia? —inquirió Isidora con sarcasmo—. Con gusto te contaré, cuñadita mía. —La abrazó por el hombro de forma protectora y sonrió mirando a Leonardo—. Hace unos cuatro años mi mamá me fue a ver a Valparaíso y me comentó que tenía problemas con su computadora. Yo también sé algo básico de informática, así que, usando un programa de control remoto, me dispuse a revisar el equipo junto con ella para enseñarle dónde reparar la falla. El asunto es que, lo primero que vimos al entrar al PC de mi mamá, era el portal petardas.com... Era Leíto viendo porno en vivo y en directo. Mi mamá lo llamó en ese instante por teléfono y... —Isidora comenzó a reír a carcajadas—. Le preguntó qué hacía, y este... —Miró a su hermano como se hundía en la vergüenza—, le respondió que estaba viendo un documental. Y nosotras veíamos que, claramente, no estaba viendo el *National Geographic*, sino más bien el «*National Pornographic*»... —Isidora seguía riendo—. Mi mamá le preguntó si era el documental aclamado por la crítica de petardas.com, y este cobarde cortó el llamado y cerró la página, limpió el historial de internet. Pero era inútil, lo habíamos pillado *in fraganti*. Leíto, nos dio a mi mamá y a mí, horas y horas de risas y diversión.

Todos reían tanto que les dolía la barriga, incluso el aludido, pues no le quedaba otra cosa que hacer. «Si no puedes contra el enemigo...».

Todo fue maravilloso, al final del día, marido y mujer tuvieron su propia celebración en la intimidad de la habitación de un hotel, ubicado en el centro de la capital.

Hicieron el amor hasta el cansancio, de mil formas diferentes, comprobando, una vez más, que ellos estaban hechos el uno para el otro. Nunca podrían comprender del todo esa innegable conexión. Estaba ahí siempre, la podían sentir en todas partes, cada vez que estaban juntos.

Ellos eran el perfecto ejemplo de que las segundas oportunidades que daba la vida, había que tomarlas como si fueran las últimas, porque, ¿qué tan probable es encontrar a tu alma gemela, en el momento en que más lo necesitas?

Tal vez, el secreto es, simplemente, desearlo con todo el corazón.

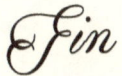

*Fin*

# Agradecimientos

Quiero agradecer de manera muy especial a Mónica Chiang por haberme exigido la historia de Isidora, y darme el argumento inicial de esta novela que, sin querer, se transformó en algo totalmente inesperado.

También, y como siempre, agradezco a mis lectoras beta, quienes son mi faro y me guían con sus impresiones, sugerencias, presiones y extorsiones varias, Karina Barrientos, Mónica Chiang, Yasna Letelier, Carolina Paredes, Nicole Contreras y Jelly Reynoso. Gracias por todo.

A todas las chicas del grupo «Novelas y algo más» y las lectoras vía Wattpad, que siguieron semana a semana esta novela, y que abusé de su paciencia y que en varias ocasiones me quisieron linchar (y de manera totalmente justificada).

A cada una de las personas que ha compartido y recomendando mi trabajo dándolo a conocer a sus amigos. Son la mejor forma de que mis novelas lleguen a más corazones.

A mi familia, siempre. Gracias por todo.

Gracias al señor A.C.A.A, aunque no lea nada de lo que escribo es mi fan número uno. Te amo Pi[4].

---

4 Nota: Ahora el señor A.C.A.A lee casi todas mis novelas hasta el final

# Sobre la autora

Hilda Rojas Correa, es el seudónimo de Pamela Díaz Rivera, nació en julio de 1980, en Santiago de Chile. Es la mayor de tres hermanas, casada con un «hermoso marido, follador y bueno» —según las propias palabras de él—, madre de dos hijos —«la mejor del mundo», según ellos cuando les da golosinas—, y dueña de casa semi profesional. Se autodenomina una romántica «sentimentaloide» empedernida.

La primera novela que escribió fue, «Yo, tú, ellos... Nosotros» en el año 2013. Nunca antes había hecho nada igual en su vida, y un día solo se puso a escribir a modo de exorcismo, y el resultado gustó tanto a los demás que, simplemente siguió sin mayores pretensiones.,

Recién en el año 2015 se tomó en serio el hermoso oficio de escribir y desde entonces ha publicado: «Libertad» en abril, «Un paso a la vez» en septiembre del mismo año. «Pide un deseo» en enero del 2016, en mayo «Te encontré en el olvido». En enero del 2017 publicó «Ángel, camino a la redención», en julio, «Contigo Aprendí» y en noviembre, «Enséñame». En abril del 2018 publica la novela «Buscando un destino», y en agosto, su primera novela histórica titulada «Una relación inapropiada».

Puedes seguirla en:

www.hildarojascorrea.com

@HildaRojasC

@hildarojascorrea

www.facebook.com/hildarojascorrea
«Novelas y algo más - Hilda Rojas Correa»